AF460586

ÉPITRE

AUX

VRAIS RÉPUBLICAINS;

En forme de Poëme analytique, sur la chûte des conspirateurs, et spécialement sur les succès de nos Armées, depuis le siége de Toulon jusqu'après le traité de Campo-Formio.

DÉDIÉE AU GOUVERNEMENT FRANÇAIS.

Par l'adjudant-général BOISSON-QUENCY.

SECONDE ÉDITION.

A PARIS,

De l'Imprimerie de J. GRATIOT et Compagnie, cul-de-sac Pecquay, rue des Blancs-Manteaux.

AN 8e. DE LA RÉPUBLIQUE FRANÇAISE.

ÉPITRE
AUX
VRAIS RÉPUBLICAINS;

En forme de poëme analytique, sur la chûte des conspirateurs, et spécialement sur les succès de nos Armées, depuis le siége de Toulon jusqu'après le traité de Campo-Formio.

(Dédiée au Gouvernement français.)

Libérateurs chéris, que Thémis dans son temple
Plaça pour nous servir de guides et d'exemple,
Dont les rares talens, réunis par son choix,
Sont l'égide du Peuple et la terreur des Rois :
En ces jours de systême et de tactique heureuse,
L'augure du retour d'une paix glorieuse ;
Je chante les exploits de ces vaillants héros,
Qui, malgré l'Autrichien et la fureur des flots,
Ont cueilli des lauriers dans les plaines fécondes
Que le Rhin orgueilleux enrichit de ses ondes,
Et qui, couverts de gloire et fiers de tous leurs droits,
Sauvent la liberté, la patrie et nos lois.
Je vais citer aussi ces soldats intrépides,
Des Alpes franchissant les détours si rapides,
Pour combattre à la voix d'un second Annibal,
Et porter aux Germains le coup le plus fatal :
Lody, le Pô, le Tibre, et l'Adige, et Mantoue,
Sont de foibles remparts dont leur valeur se joue.
Vertu qui les guidois au chemin des honneurs,
Inspire-moi des airs dignes de ces vainqueurs !
Mais en vain, pour répondre à l'ardeur qui m'anime,
Ma Muse leur prépare un tribut légitime;

De si nombreux exploits suspendent son desir;
Elle admire en silence et ne sait que choisir.
Espoir de mon pays, dignes fils de la France,
N'auriez-vous pas des droits à ma reconnaissance,
Quand l'ennemi, par vous chaque jour abattu,
Est forcé d'admirer votre grande vertu ?
Couronnés de lauriers, portés par la victoire,
Vos noms seront placés au temple de Mémoire.
Vouloir les chanter tous offre un noble embarras;
Mais qui nomme les Chefs vante aussi les Soldats !

C'est ainsi que l'abeille, active et vigilante,
Rencontrant dès l'aurore un émail qui l'enchante,
Plane, errante, incertaine, avant de s'arrêter
Sur l'objet qui l'attire, et doit l'alimenter.
Cent travaux tous les jours cent fois vous éternisent;
La matière s'accroît, mais les forces s'épuisent,
Et nos vers, dépourvus de sel et d'agrémens,
N'ont pour vos faits nouveaux que de vieux ornemens.

Des vrais Républicains admirons les prodiges,
Qui des vertus de Rome effacent les vestiges.
Vingt peuples au combat subjugués à-la-fois,
Mais aussitôt heureux que soumis à leurs lois (1);
La pieuse Indolence à jamais terrassée (2);
De suppôts ruineux Thémis débarrassée;
La Chicane écumante enfin mise aux abois;
La police confiée à des chefs purs et droits;
Le Commerce déjà préparant l'abondance;
Les beaux arts et la paix promettant l'opulence;
Le fier conspirateur rentrant dans le chaos;
Ses complots découverts, sont leurs moindres travaux.

Ils redoublent de zèle au plus fort de l'orage ;
Et, quoiqu'environnés de poignards, de carnage,
Ils découvrent par-tout l'adroit ambitieux,
L'intrigant, le fripon, le traître audacieux.
La Victoire, autrefois par un Fourbe (*) séduite,
Rougit d'avoir marché si long-tems à sa suite.
Nos Frères aujourd'hui cueillent de vrais lauriers,
Fidèles à vos plans, conduits par des Guerriers.
Buonaparte, en vainqueur s'avançant vers le Tibre,
Des balances de Pitt a rompu l'équilibre.
On voit avec plaisir au grand art des héros
Son exemple former ces nombreux généraux.
Les Césars n'ont rien fait que sa valeur n'efface.
France ! vois ce guerrier triompher de l'audace
Des ennemis ligués, jaloux de ta grandeur :
Protège ses projets, laisse agir son grand cœur.
Chaque lieu voit briller ses actions sublimes ;
La paix (3) devient le fruit de ses faits magnanimes.
Guidé par ta sagesse et ton foudre à la main,
Il a su terrasser l'Anglais et le Germain.
Par ses hardis moyens il leur a fait connoître,
Qu'en lui les coups d'essais sont de vrais coups de maître.
Orgueilleuse Mantoue (4), envain sous tes remparts,
Dans tes marais profonds, enclos de toutes parts,
Tu crois pouvoir long-temps affronter son tonnerre.
Le sang de tes soldats abreuvera la terre,
Si Wurmser, sans ressource (5), au vainqueur ne se rend ;
S'il est ton protecteur, qu'il épargne ton sang !
Les Français au milieu de la plaine liquide,
Comme autant de tritons, marchent d'un pas rapide :

(*) Dumourier.

Malheureux partisan des ruses d'Annibal,
Du célèbre Villars jadis digne rival,
Tu te flattes trop tard de forcer les barrières
Qu'opposent à ton bras nos légions guerrières.
Vienne (6) suivra ta chûte, et son fier Souverain
Voyant de ses Etats le rigoureux destin,
Pour avoir prolongé la plus injuste guerre,
Sentira de nouveau l'effet de sa colère.
Et toi, fier Vénitien (7), de son bonheur jaloux,
Tu te crois dans tes mers à couvert de ses coups;
Il saura te dompter malgré tes larges digues,
Et punir par le fer ta trahison, tes ligues,
En délivrant les tiens d'un joug deshonorant.
Du peuple il est le père et non le Conquérant.

Ainsi, lorsque l'on voit Amphitrite écumante
Briser contre un rocher sa vague blanchissante,
La voix de l'Alcion, chéri des matelots,
Rend un calme serein à l'empire des flots.

Partout semant le calme et respectant l'Eglise,
Rome (8) de ses hauts faits heureusement surprise,
Honteuse de ses torts, desirant le bonheur,
Des Français généreux bénira la valeur;
Et leur protection, que chaque peuple admire,
Sur le globe étendra ses bienfaits, son empire.

Si le plus acharné pour d'horribles combats
Le contraint de porter dans Londres (9) le trépas,
C'est alors que l'Anglais, ce pirate implacable,
Dans la guerre Assassin, dans la paix intraitable,
Sous les débris fumans de ses murs embrasés
Le verra nous venger des maux qu'il a causés.
Déjà devant Toulon (10) la prompte Renommée
Lui fit apprécier sa valeur courroucée.

Mais reprenons le fil de ses vastes succès,
Dont l'Italien ressent les rapides effets.

Massena (11), Serruriers (12), dont l'héroïque audace
Tant de fois signalée à nul ne fait de grace,
Secondent Buonaparte, accroissent ses exploits;
Faisant à chaque pas triompher les François;
Et tels que de hauts pins, leur Conseil formidable
L'entoure, comme un cèdre aux vents inébrenlable.
La victoire en leurs mains sait le prix des combats.
Sans avoir éprouvé la force de leurs bras,
Tout tremble à leur aspect; ils forcent la nature;
A ces noms l'Italien voit que sa perte est sûre.
En-vain pour se défendre il tente mille efforts,
Nul ne peut échapper ni réparer ses torts.
Augereau (13), près d'Arcole exhaltant son courage,
Ainsi que le rocher s'endurcit à l'orage;
Couronné de lauriers que lui-même a cueillis,
Guidant des Conquérans sous les armes vieillis,
Il les voit un moment, vers cet étroit passage,
Surpris et chancelans, redouter le carnage.
Plein d'audace et d'ardeur, le superbe Germain
Fait gronder la fureur de cent foudres d'airain;
L'enfer, s'il s'entrouvroit, vomiroit moins de flammes;
Aux lueurs de la foudre on voit briller les lames.
Ces obstacles ne font qu'accroître sa valeur.
Qui d'un Républicain peut arrêter l'ardeur?
C'est à vous, leur dit-il, de croire à la conquête;
Du salpêtre embrasé défions la tempête:
Avez-vous oublié vos succès à Lodi (14)?
Le chemin de l'honneur est là; non pas ici:
Et dans le même instant, aussi prompt que la foudre,
Il veut et tout braver, et tout réduire en poudre,

Il part, court vers le pont, y plante un étendart ;
Le front de l'ennemi lui présente un rempart.
Le soldat enflammé d'une audace nouvelle,
Le suit de près et vole où la gloire l'appelle.
Il arrive, en courant, au drapeau tricolor,
et n'a poussé qu'un cri...... la *victoire* ou la *mort*.
Aux sanglots redoublés du Germain gémissant,
La terre semble émue et le roc mugissant.
De nouveau, sous ce chef, le Français intrépide
Etonne l'univers de sa valeur rapide.
" Son torrent destructeur roule sur les sillons,
" Remonte les rochers, fond sur les bataillons ;
" Il siffle dans les airs, épouvante, disperse,
" Frappe, brise : malheur à celui qu'il renverse !
Quatre mille sont tués, autant faits prisonniers.
C'est ainsi qu'Augereau moissonne des lauriers.
Du Levant au Midi son ardeur guerrière
Aux plus fiers ennemis fit mordre la poussière ;
L'Espagnol (14 *bis*) éprouva souvent, pour son malheur,
Les terribles effets de sa haute valeur.
Qui peut s'en étonner? Il marcha sous un maître,
Savant dans l'art de vaincre et qui l'avoit vu naître,
Général (*b*) aussi grand dans ses adversités,
Que modeste et vaillant dans ses prospérités ;
Né des Américains, enrichi par Neptune,
Instruit par la sagesse et plus par l'infortune,
Tactitien expert, vieux protégé de Mars,
Favori de Minerve et protecteur des arts (15),
Emule des talens de l'oppresseur du Tibre (16),
Plus grand par les vertus qui forment l'homme libre,
Digne enfin de conduire à de nouveaux combats
Des Français qui partout ont bravé le trépas ;

(*b*) Dugommier,

Mais il vécut trop peu pour eux et pour la France.
Ses succès ont fixé notre reconnoissance.
A Gillette, (17) à Toulon on sut l'apprécier;
Sur-tout devant ce fort, écueil de tout Guerrier,
Fort qu'un roc escarpé rendoit inabordable,
Mais qui pour Dugommier fut bientôt pénétrable.
Quand on doit reconnoître, attaquer ou tourner,
L'exemple est si puissant, chacun veut le donner.
Saint-Elme (18) est emporté, bientôt après Port-Vendre;
Collioure épuisée est contraint de se rendre,
Et Navarros, atteint, cerné sur tous ses pas,
Signe son déshonneur et livre ses Soldats.
Pérignon, s'élançant au haut des Pyrénées,
Du brave Dugommier succède aux destinées.
Pérignon, une Rose (19) ajoute à tes travaux
Le charme que n'ont pas obtenu tes rivaux;
Sans épines pour toi, cette fleur orgueilleuse,
Que n'a pu garantir la cime sourcilleuse
Des monts que sut franchir ton audace et ton art,
Et devant qui *Figuiers* vit crouler son rempart,
Ornera tes lauriers, et, long-tems immortelle,
Son éclat sur ton front la montrera plus belle.
Signalant chaque jour par de nouveaux exploits,
Il chassa l'Espagnol de l'Empire François.
Mais quel jeune lion suit sa noble furie?
C'est, après lui, l'espoir, l'amour de la Patrie.
C'est lui qui, ralliant des escadrons épars,
Sut arrêter le vol de l'aigle de César;
C'est Marceau (20), plus brillant que le dieu de la Thrace,
Au soldat qui le suit inspirant son audace:
Sur ses pas triomphans nos plus vaillans guerriers,
En affrontant la mort, moissonnent des lauriers.

4

Aux rives de la Loire, aux bords de l'Armorique (21),
Il fut toujours vainqueur. Les champs de la Belgique,
Les Ardennes, Seneff, et Coblentz et le Mans,
Des talens de Marceau sont d'assez sûrs garans;
Mais la cruelle Parque et jalouse et perfide,
Voulut qu'il fut frappé par un plomb homicide.
De ce guerrier chéri qui n'envieroit la fin?
» Charles, avec nous sensible à son fatal destin,
» Perdant pour lui l'orgueil du rang qu'il croit suprême,
» Lui vint offrir les soins du docte Philodême.
» Généreux ennemis, respectables bienfaits,
» Dignes d'un autre jour et d'un plus beau succès;
» Ils se hâtent en vain.....; Marceau vivoit à peine;
» Le sang qui l'oppressoit étouffa son haleine.
» A leurs communs regrets, aux chagrins confondus,
» On ne distingue point quel parti l'a perdu.
Ainsi meurt ce héros regretté de l'armée,
Après avoir cent fois lassé la Renommée.
» Charles dit aux Français.....: J'ai connu la valeur
» Du guerrier dont la mort cause tant de douleur.
» Nos aïeux ont pleuré votre illustre Turenne (22),
» Adoré dans Paris et respecté dans Vienne.
» La vertu, les exploits sont de tous les partis,
» De tout gouvernement, et de tous les pays.
» On n'est plus ennemis lorsqu'un héros succombe,
» On s'unit pour jeter quelques fleurs sur sa tombe.
» Oui! oui! tous nous irons demain sur son cyprès
» Jurer de l'imiter.....; nous combattrons après.
» Pour ce dernier devoir, pour cette pompe sainte,
» Du lieu du combat même on a choisi l'enceinte.
» Il y fut inhumé..... Mille cris, mille voix
» Y déplorent sa perte, y vantent ses exploits (22 *bis*).

C'est de plus un trophée, et de gloire immortelle,
Que garde à la vertu la justice éternelle.
Nous chercherions envain à peindre nos douleurs,
A couvrir son tombeau de parfums et de fleurs;
Son nom préconisé par l'estime publique,
Sert plus que mille vers à son panégyrique.
Courageux Kellermann, j'oubliois ta valeur,
Et ce camp (23) si fameux témoin de ton ardeur.
Si de ton caractère on vouloit la peinture,
Je vanterois ta foi, si constante et si pure,
Ton austère vertu, qui d'un siècle pervers
Sut braver les rigueurs et les hideux travers.
Berthier (24) l'infatigable, au plus heureux génie,
Joint les plus hauts talens, la plus noble énergie;
De la plume et l'épée il se servt tour-à-tour,
Par des succès nouveaux il brille chaque jour;
Au conseil dirigeant les ordres de batailles,
De Granville avec art défendant les murailles;
Rival de ces héros dont le courage heureux
Croît avec les périls qui croissent autour d'eux:
Par-tout bravant la foudre et conjurant l'orage,
Il sut tout ordonner en homme expert et sage.
Les braves Généraux Jourdan et Saint-Martin,
Ferrand et Pichegru, ces amis du Destin,
Catons dans le Sénat, s'y montrant intrépides,
Comme aux champs de Bellone ils furent des Alcides,
Fiers défenseurs du Peuple, ennemis des pervers,
Ils y sauront encore étonner l'Univers.
De ces fameux Guerriers traçons une autre image,
D'un encens mérité qu'ils reçoivent l'hommage!
Que d'autres de la fable empruntent les atours;
Que leur muse s'égare en de vagues détours:

Le vrai seul est mon but, et lui seul est mon guide.
Sur la fleur des objets glissons d'un pas rapide.
Fais que mes vers, ô toi, divin Phœbus,
Brillent du seul éclat de leurs grandes vertus!

Jourdan (25) et Pichegru (26), la terreur de la Flandre,
Renversent des cités, mettent les forts en cendre.
Hatry (27) prend Luxembourg, Namur, leurs environs,
Met Raignac (28) aux abois, enlève cent canons.
Et ces forts avancés auprès desquels l'audace
Veut en-vain éluder les coups qui les menace;
Là, commandoit encor le vainqueur de Sombref,
Plus ami des soldats qu'il ne sembloit leur chef.
Sous ses ordres suivis nos bouillantes cohortes,
De Liège ont fait tomber et les murs et les portes.
Le Français, au milieu d'un déluge de feux,
Semble briguer l'honneur de mourir à ses yeux.
Lefevre (29) les soutient, on les voit invincibles.
Hoche (30), Scherer (31), Moreaux (32), comme eux non moins terribles,
Font voir à l'Univers que les Amis des Lois
Savent faire avorter les intrigues des Rois.
Notre ennemi, que berce un espoir trop crédule,
Cherche nos escadrons.... Il les voit.... Il recule....
De nos Guerriers fougueux l'approche est un torrent;
Tout cède à la valeur de Kleber (33) et Souhan (34).
De la Meuse à la Lahn, et du Rhin à la Sambre,
De Spire à Germersheim la ligue se démembre (35),
A Bruxelles (36), Maestricht (37), Tirlemont (38) et Louvain (39),
De Kehl (40) à Worms (41), Bruschall (42), Nieuport (43) et Ostende,
Nos ennemis n'ont plus d'abri qui les défende.

De Bommel (44) à Burich (45), d'Oudenarde (46) à
Courtray (47),
De Mons au bois d'Harvé (48), de Menin (49) à Tour-
nay (50),
De l'Escaut (51) jusqu'au Rhin notre nom vous renverse,
Anglais, Autrichiens, la frayeur vous disperse ;
Vous qui, par vanité, redoublant de courroux,
Du bonheur des Français fûtes toujours jaloux,
Vous fuyez, contraignant votre audace perfide,
Comme l'hôte des bois fuit le chasseur avide.
Vous évitiez ainsi nos vaisseaux sur les mers,
Craignant leur feu terrible et rival des éclairs (52).
Ce grand combat naval (53) vous condamne à la honte,
En voyant le Français qui par-tout vous surmonte.
Vilaret, Niely, par de communs ressorts,
Une égale harmonie, en doublant leurs efforts,
Dirigent nos vaisseaux dans la vaste croisière,
Pour sauver et défendre la flotte nourricière,
Contre Howe-Amiral, qui revire de bord,
Et nos vaisseaux vainqueurs l'amènent dans le port.
Le Vengeur (54) s'abima, la prompte messagère,
Interdite et volant d'une aîle moins légère,
De sa perte à regret instruisit l'Univers.
On en parle, on l'admire en cent climats divers.
Neptune, sur un roc environné de l'onde,
Exhalant son dépit et sa douleur profonde,
Suspendit à l'instant le mouvement des flots;
Sa voix sur l'Océan fit entendre ces mots :
« Le Fier *Vengeur* n'est plus, ce grand trait d'héroïsme,
» Prouve de ces marins l'ardent patriotisme.
» Que l'Anglais en frémisse, il présage son deuil ;
» Leurs noms du Panthéon (55) vont grossir le receuil.

» Epouvanté moi-même au bruit de son tonnerre,
» Je crus que Jupiter me déclaroit la guerre.
» De mon trouble imprévu je fus soudain remis,
» En voyant *le Vengeur* pressé des ennemis.
» Quel transport différent s'empara de mon ame,
» De le voir entouré de fumée et de flamme,
» Affronter les boulets, criblé de haut en bas,
» Ouvert de tous côtés et prêt à couler bas !
» Le plus mauvais succès n'a rien qui l'épouvante,
» *Le Vengeur* veut périr ou remplir son attente.
» Pour ne point avilir le pavillon Français,
» Il double sa manœuvre et longe les Anglais.
» Sa poupe en grand désordre évite leur poursuite,
» Ainsi que l'Aquilon écarte et met en fuite
» Les nuages en-vain dans les airs amassés,
» Quand il sort en fureur de ses antres glacés.
» Il préfère, à l'aspect de la flotte ennemie,
» La mort à l'esclavage et la gloire à la vie.
» Mais son sort, tel qu'il soit, ne peut être que doux,
» En servant sa Patrie et bravant tous les coups.
» C'est l'aimer ardemment, l'aimer pour elle-même,
» Plutôt que de se rendre en ce péril extrême,
» L'équipage à l'envi s'abîme dans les flots ».

Là, Neptune s'arrête, étouffé de sanglots,
Interdit et courbé sur son trident terrible.
Ne cessons d'admirer ce courage invincible ;
C'est au crayon d'un autre à mieux le retracer :
Saisi d'un saint effroi je ne peux le chanter.

Anglais, ouvre les yeux sur un effort si rare ;
Il doit faire trembler le traître, le barbare ;
Il doit prouver encore à ton vil Parlement
Que de l'anéantir nous avons fait serment.

Tyrans, que le remords ronge un reste de vie
Qui, pour tous vos forfaits, doit vous être ravie !
Nous vous accablerons : bientôt cent mille bras,
Jusques dans vos foyers porteront le trépas,
Pour ramener enfin le bonheur sur la terre.
Des Français le Génie, armé de son tonnerre,
En dirige les coups, assure ses effets :
Vous en pouvez juger par nos nombreux succès ;
Et par ceux obtenus à Werdt (56), Gand (57) et Bingen (58),
Comme à Francfort, (59), Bendorff (60), Stuttgard (51), Grave (62), Ettlingen (63),
Hultz (64), Axel (65), Greb (66), Landsberg (67), au camp de la Chartreuse (68),
Sur la Rednitz, le Wal, l'Acher, l'Ourt et la Meuse :
Vos pertes, vos revers dans les champs de Wurtzbourg 69),
Stenhausen (70), Lambsheim (71), Brec (72), Dunkerque (73), Wissembourg (74),
Creutzenach (75), Ingolstadt (76), Grunnevald (77), Hondtschootte (78),
Dego (79), Lodi (80), Lugo (81), Bagnasco (82), Montenotte (83),
Roqueluche (84), Arneguy (85), Rheinfelden (86), Mont-Castel (87),
Sarre (88), Berra (89), Vernet (90), Rastadt (91), Villiers (92), Boxtel (93),
Obersebach (94), Dahnbruck (95), Altenkirchen (66), Cologne (97),
Borchetto (98), Loano (99), la Fluvia (100), Bologne (101),
Lembach (102), Hundsruck (103), Heneff (104), Haguenau (105), Boux-Weiller (106),
Ermilla (107), Riberac (108), Neuwied (109), Bichweiller (110),

Lonado (111), Cistella (112), Milan (113), Castiglione (114),
Millesimo (115), Salo (116), Peschiera (117), Véronne (118),
Santo-Marco (119), Friedberg (120), Aldenhoven (121), Saint-Tron (123),
Saint-Michel (124), Saint-Florent (125), Heydenheim (126), et Arlon (127),
Et tous ces forts soumis, ces cités, Wattignie (128),
Saint-Vendel (129); Ogersheim (130), Montabaur (131), Trasignie (132),
Nothweiller (133), Kamlach (134), Kirn (135), Limbourg (136), Dourlach (137), Bregentz (138),
Gertruydenberg (139), Dinant (140), Rockenhauzen (141), Coblentz (142),
Rivoli (143), Campana (144), Governolo (145), Tortone (146),
Fossano (147), Mondovi (148), Trente (149), Pizzighitone (150),
Nimègue (151), Bois-le-Duc (152), Greb (153), Amelsfort (154), Utrecht (155),
L'isle Cassandria (156), Gorcum (157), Heusden (158), Dordrecht)159),
Tiel (160), au fort l'Ecluse (161), Alzein (162), Sprimont (163), Maline (164);
Lauwfeld (165), Maseicht (166), Landsberg (167), Offerberg (168), Sarguemine (169),
Schifferstadt (170), Birchenfeld (171), Axel (172), Fresing (173), Venlo (174),
Urrugne (175), Oberhauzen (176), Gambsheim (177), Rieulx (178), Vaterlo (179),
Diebach (180), Oms (181), Weilbourg (182), Brumpt (183), Manheim (184), Freibach (185), Mayence (186),

Primolan (187), Covelo (188), Ceva (189), Coni (190),
Plaisance (191),
Seckingen (192), Kurweiller (193), Reishoffen (194), Willerdorf (165),
Saint-Hubert (196), Gonderhoffen (197), Wantzenau (198),
Dierdoff (199),
Hanelshorn (200), Rocasein (201), Forscheim (202),
Trarbach (203), Emale (204),
Druzenheim (205), Butzbach (206), Korn (207), Oss,
Frendenstatt (208); Casale (209),
Valenciennes (210), Stuttgard (211), Schenk (212),
Eibon (213), Franckenthal (214),
Marchiennes (215), Stromberg (216), Ochspire (117) et
Bondenthal (218),
Près la Brenta, le Lech, la Sieg (216) et Belone (220,
Présagent les dangers qu'encourre votre trône.
Par un sentier qui n'est que des héros battu,
A la Gloire on parvient, mais avec la Vertu :
Ce pénible sentier nous mène à la Victoire,
L'esclave n'est pas fait pour ce genre de gloire,
Avec un joug si lourd dont les tyrans craintifs
Accablent sans pitié d'infortunés captifs.
Nations, levez-vous ! secouez vos entraves ;
Etouffez vos bourreaux sous de brûlantes laves !
On ne peut à-la-fois être Esclave et Vainqueur,
Joindre la gloire au crime et la honte à l'honneur.
Les plus fameux Guerriers, reconnus d'âge en âge,
Du métier des Héros faisoient apprentissage ;
La guerre étoit pour eux d'abord un art nouveau ;
L'homme libre est Héros en sortant du berçeau.
L'amour de la Patrie enflamme son courage,
Dans les champs de Fleurus (221), au milieu du carnage,

Il dit : « Point de retraite en ces combats sanglans !
» Attaquons, foudroyons, revenons triomphans !
» Que l'ardeur des Français, que leur marche imposante
» Etonnent le Germain, le glacent d'épouvante ! »
Pallas dans la mêlée est devant leurs drapeaux,
Suit la ligne, les rangs, guide leurs Généraux.
Par-tout où des Français l'arme blanche étincelle,
La mort pour eux combat, le sang impur ruisselle.
Sans songer un instant si le nombre est égal,
Le Patriote ardent fond et cherche un rival.
L'autrichien, étonné de mordre la poussière,
Croit que de nos yeux part la foudre meurtrière,
Jaillissent des éclairs et naissent des Soldats ;
Il chancelle, il succombe,.... il roule sous nos pas.
Les Anglais en grand nombre y tombèrent victimes
Du courroux des Français justes et magnanimes,
Dont plusieurs sont percés de cent coups glorieux,
Qu'ont payés chèrement les Cobourgs, les Beaulieux,
Et mille autres Sujets que la valeur signale.
Ah ! combien de Brutus dans la barque fatale !
Caron avec regret les passe à l'autre bord.
Va, ne plains point leur sang, lui dit le Dieu du Sort,
Sous le fer ennemi, chaque goute épanchée,
Par un fleuve sanglant aussitôt est vengée.
La France a prononcé, la perfide Albion
De ses forfaits déja reçoit punition.
Dans son cœur toutefois la Nation s'afflige
De sévir, de frapper.... Sa sûreté l'exige (222) :
Mais ces jours, obscurcis par d'utiles rigueurs,
De jours plus fortunés sont les Avant-coureurs.
Le ciel assez souvent se couvre de nuages
Qui cachent dans leur sein la foudre et les orages,

Mais Phœbus par ses traits (223), qu'il lance dans les airs,
Redonne la couleur et l'ame à l'Univers.
L'Europe voit courir au Temple de Mémoire
Ce Peuple de Héros, et partageant sa gloire,
Va reconnoître enfin qu'il est cent fois plus grand
Que cent peuples armés pour servir un Tyran.
Il ne lui suffit pas d'être grand, redoutable,
La gloire s'embellit du talent d'être aimable :
Les leçons des neuf Sœurs, le goût, l'urbanité,
Tous les arts, ornemens de la Société ;
L'Eternel revéré (224), le desir de connoître
Les plaisirs épurés que l'étude fait naître,
Hâtent, d'un Peuple libre, achèvent le bonheur,
A l'ombre des vertus qui forment un grand cœur.
Les vôtres, DIRECTEURS, fruits de l'expérience,
Font chérir à chacun votre utile audience ;
C'est-là que l'indigent trouve l'humanité,
Tout Français malheureux des marques de bonté.
Poursuivez en tout tems votre marche superbe,
Sans voir le vermisseau qui s'agite sous l'herbe.
Que tous vos jugemens des Français adorés,
Contre l'oppression les rendent assurés ;
Et nous verrons bientôt la valeur, la puissance,
Faire régner la paix, la vertu, l'abondance.
Persévérant ainsi les Vertus renaîtront :
Des erreurs et du tems nos lois triompheront.
Assurez un triomphe à la Philosophie :
Que son flambeau céleste éclaire ma Patrie.
Par vos soins, sur vos pas, avec notre gayté
Reparoîtra des arts le cortège enchanté !
Barbares partisans de maximes iniques,
O vous, Rois orgueilleux, vous, Princes tyranniques,

Qui, signalants vos jours par de sanglans projets,
Sous un sceptre de fer accablez vos Sujets,
Venez, jetez les yeux sur cette République;
Voyez ce bel accord, cette union civique:
La raison, la constance, et non l'ambition,
Accompagnent ses plans, guident son action.
De son conseil prudent l'active surveillance
Arrête les fureurs de l'affreuse licence;
Entretenant des feux aussi purs qu'imposans,
Ses travaux sont suivis par des succès constans.
Il fait au Royaliste une éternelle guerre,
Pour fixer à jamais le pouvoir populaire.
Sous un ordre aussi sage et puissant à-la-fois,
Craignez, Tyrans, le sort du dernier de nos Rois.
Envain vous retardez le progrès des lumières;
Malgré vous la raison franchira nos frontières.
Le Peuple Souverain a reconquis ses droits,
La Bonté, la Justice ont établis ses lois.
Cette Bonté n'est point une vile foiblesse,
Qui, fille de la Crainte et sœur de la Molesse,
Cède par indolence ou fuit par lâcheté,
Et qu'on brave souvent avec impunité:
C'est cette fermeté, c'est cette audace heureuse,
Qui, sévère par fois, mais toujours généreuse,
Soulage d'une main les maux que l'autre fait (225),
Qui sait à la vengeance allier le bienfait;
Qui punit les forfaits, réprime l'insolence;
Qui chérit le talent joint à l'obéissance,
Et, faisant dominer le règne des Vertus (226),
Produira parmi nous des Catons, des Brutus.
De nos droits on connoît la majesté suprême,
On sait la respecter.... On va plus loin.... on l'aime.

Par un double lien la raison à son tour
L'assure pour jamais dans cet heureux séjour.
Que ces brillans sujets ont distingués de plumes !
Combien ne vont-ils pas enrichir de volumes !
Le moment est venu, déja de toutes-parts,
Du Peuple-Souverain flottent les étendards.
Je le dis hardiment, sans mépriser l'histoire,
Sa foible voix ne peut exprimer tant de gloire.
Désormais affranchi du secours des auteurs,
Vos faits, RÉPUBLICAINS, sont gravés dans nos cœurs !
Envain pour l'avenir l'Histoire les retrace :
Un père en remettra le dépôt à sa race.
Nos voisins, à leur tour, sentant leur dignité,
Chériront comme nous la sainte Egalité.
La Liberté luira sur les deux hémisphères ;
Et le monde éclairé ne verra que des frères.

Par l'Adjudant-Général BOISSON-QUENCY.

NOTICES HISTORIQUES.

(1) Aussitot que les Républicains français ont conquis un pays, le peuple s'empresse d'adresser des pétitions au corps législatif, pour en obtenir d'être érigé en départemens et districts, à l'effet de suivre les lois de la République une et indivisible.

(2) Ce vers fait allusion à l'entiére destruction du clergé et de ses ridicules momeries. Le suivant dépeint la réforme de l'ancien code des lois et de leurs abus.

(3) Buonaparte, au milieu de ses victoires, loin de s'en prévaloir pour tout envahir, concluoit la paix avec les puissances qui paroissoient la desirer. Le 20 Floréal de l'an IV, il la conclut avec le duc de Parme; le 26 du même mois, avec le roi de Sardaigne; le premier Prairial suivant, avec le duc de Modène; le 17 Prairial, avec le roi de Naples; le 5 Messidor suivant, il conclut l'armistice avec le Pape. On sait qu'il entre encore dans son plan d'aller traiter de la paix, si nécessaire aux deux partis, avec l'empereur; mais aux portes de Vienne.

(4) Mantoue est située au milieu d'un lac que forme le Mincio. On n'y peut entrer que par deux chaussées très-longues et très-étroites, qui ont chacune leur pont-levis, ce qui la rend extrêmement forte. Ses faubourgs sont à l'autre extrémité des chaussées. Voici les principales actions qui eurent lieu pendant le siège, à jamais mémorable, de cette place. Le 16 Prairial de l'an IV, Buonaparte, général en chef, d'Allemagne et Lasne, généraux

de brigade, enlevèrent, à la baïonnette, le faubourg Saint-Georges et la tête du pont de Mantoue, avec 600 grenadiers; le même jour, Augereau, général de division, prit le faubourg de Chériale, ses retranchemens et la Tour, et força l'ennemi à se retirer dans la place. Le 28 Messidor suivant, 4500 Autrichiens de la garnison de Mantoue font une sortie et sont repoussés jusqu'aux palissades par Fiorella et Dallemagne, généraux de division, avec 600 hommes des leurs tués ou blessés. Le 30 du même mois, Buonaparte et Serruriers attaquèrent le camp retranché des Autrichiens, sous Mantoue, et les repoussèrent sous les murs de la place; pendant ce temps, les Français mirent le feu en cinq endroits dans la ville, et ouvrirent la tranchée à 150 toises des ouvrages avancés. Le 23 Thermidor suivant, les Français, sous les ordres de Lasalcette, général de brigade, reprirent leurs positions devant Mantoue, s'emparèrent de quelques convois et firent des prisonniers. Le 16 Vendémiaire de l'an V, l'ennemi, au nombre de 4600 hommes, fit une sortie; il fut forcé, par Sahuguet, général de division, de rentrer précipitamment dans la place; grand nombre furent tués ou blessés, et 145 faits prisonniers. Le 7 Brumaire suivant, l'ennemi fit une sortie de Mantoue, et débarqua entre Saint-Georges et Cipade; il fut culbuté sur ses bateaux par Moreau, chef de brigade; grand nombre d'ennemis furent tués ou blessés; 250 faits prisonniers. Le 3 Frimaire suivant, la garnison de Mantoue fit une sortie, mais fut brusquement repoussée par Kilmaine, général de division, et forcée de rentrer dans la place; grand nombre d'ennemis furent tués ou blessés; 200 faits prisonniers; il enleva 2 canons et 1 obusier. Le 26 Frimaire suivant, le général Provera, à la tête de 6000 hommes d'infanterie et de 700 de cavalerie, arriva vers Saint-Georges, faubourg de Mantoue, dont il voulut forcer les lignes ; n'ayant pu y entrer, il marcha sur la Favorite. Le 27, une heure avant le jour, il fit attaquer le poste de la Favorite, dans le temps que le maréchal Wurmser fit, par la porte Saint-Antoine, une sortie qui ne lui réussît pas ; il fut obligé de rentrer dans la place avec perte de 400 prisonniers et quantité de tués et blessés. Tandis que le poste de Saint-Georges, défendu par le général Miollis, résistoit, le général en chef Buonaparte avoit fait toutes ses dispositions pour envelopper la colonne de Provera qui se trouvoit acculée au faubourg Saint-Georges. Elle fut prise toute entière avec armes et bagages, par les généraux Serruriers et Victor ; on lui enleva 22 pièces de canon. Dans le nombre des prisonniers, se trouva tout le corps des volontaires de Vienne. Après avoir ainsi enlevé le faubourg Saint-Georges, les grenadiers s'avancèrent en tirailleurs sur la chaussée, malgré la mitraille de la place ; ils prétendirent même se former en colonne pour enlever Mantoue, et quand on leur montra les batteries que l'ennemi avoit sur les remparts : à Lodi, disoient-ils, il y en avoit bien davantage ! mais le général Buonaparte les fit retirer. Je ne fais pas mention ici de la fameuse bataille d'Arcole, parce que les détails doivent entrer plus bas dans une note relative à son épisode. Le résultat de ces dernières affaires est la défaite totale de l'armée du feld maréchal d'Alvinzi, qui perdit plus de 20000 hommes faits prisonniers, environ 6000 tués ou blessés, 20 drapeaux et 60 pièces de canon. (Armée d'Italie.)

N. B. Virgile naquit près de Mantoue, dans un village qui s'appelloit Andes, et qu'on nomme aujourd'hui Petula.

(5) Il est déjà de notoriété publique que Mantoue est réduite à une si grande détresse pendant ce blocus, qu'on

n'y mange depuis long-temps d'autre viande que celle des chevaux de la cavalerie que le maréchal Wurmser y avoit fait entrer.

(6) On sait qu'il entre dans le plan du général Buonaparte de poursuivre ses victoires jusqu'à Vienne en Autriche.

(7) On sait aussi que le Sénat de Venise seconde de tous ses moyens nos ennemis, et qu'il trame contre les Français les plus noires trahisons ; c'est ce que les événemens ne vérifieront que trop.

(8) Les lettres officielles ont fait assez mention des sentimens de paternité du Pape pour les Français, et du titre de *son cher fils*, dont il a caractérisé leur chef, Buonaparte.

(9) On sait encore que les Anglais ne craignent rien davantage que la réussite de la paix avec l'Empereur, par Buonaparte, et sa nomination pour commander les troupes qui sont destinées à faire une descente en Angleterre, selon le plan général qui sert de guide pour cette campagne.

(10) Buonaparte fut fait général à Toulon, par le représentant du peuple Barras, qui s'empressa de récompenser les traits de bravoure et le développement de talens qui avoient excités en lui l'admiration de Dugommier, général en chef, pendant le siège et la reprise de cette place, qui eût lieu le 27 frimaire de l'an II. Le comité de Salut public confirma ce choix à l'unanimité. Etant passé de-là dans l'armée de l'intérieur, il y succéda bientôt dans le commandement en chef, au citoyen Barras, qui fut nommé Directeur. Buonaparte n'a quitté cette armée, emportant les regrets de tous ses frères d'armes, que pour aller commander, dans le même grade, celle d'Italie, où il

s'est signalé en personne aux célèbres batailles et victoires remportées à Montenotte, Millesimo, Dégo, Lody, Borghetto, sous Mantoue; près Salo; à Lonado, Castiglione, la Chiesa; Peschiera, Trente; Santo-Marco, Pieve; au château de la Pietra; à Primolan; près la Brenta; à Bassano, Saint-George; sur l'Adige; à Saint-Martin, Saint-Michel, Caldero; Arcole, Campana, Rivoli, Corona, Dolce, la Favorite, et aux passages du Mincio et de l'Adige; ainsi qu'aux prises de Mondovi, Pizzighitone, Crémone; Pavie, Vallegio; Vérone, du faubourg Saint-George de Mantoue; de Reggio, Bologne; du Fort-Urbain; Brescia, Salo, Lonado, Castiglione; du fort de Carlo; de Roveredo et Mantoue; et par la conclusion de la paix avec le roi de Sardaigne, le 26 Floréal de l'an IV; de l'armistice avec le duc de Modène, le premier prairial de l'an IV; et de celle de la paix avec le Pape, le 5 messidor de l'an IV.

(11) Massena s'est signalé en personne aux batailles et victoires remportées à Castel-Genest, Brec; Ponte-di-Nava, Borghetto, Loano, Montenotte, Dégo, Solferino, la Chiesa, près Véronne, Santo-Marco, Pieve, Roverredo, la Pietra; Lavi; près la Brenta; sur l'Adige: à Saint-Martin, Saint-Michel, Caldero; Arcole; Castel-Novo, Rivoli, la Corona, Dolce et Carpenedolo: ainsi qu'aux prises de Figaretto, Orméa, Saorgio; Pietra, Loano, Finale, Vado, Savone, Fossano, Cherasco, Alba, Salo, Lonado, Castiglione; Véronne; la Corona, Montebaldo, Préabolo, Trente et Arcole; et par la conclusion de l'armistice avec le roi de Sardaigne, le 9 floréal de l'an IV; avec le Pape, le 5 messidor de l'an IV.

(12) Serruriers s'est particulièrement distingué en personne aux batailles et victoires remportées au Col-de-

Terme ; à Cerise ; Loano ; Spinardo et autres lieux ; à Montezemo ; Fossano, Cherasco, Alba ; Bêne ; Castiglione, la Chiesa ; Solferino ; à la Favorite ; et à Mantoue.

(13) Augereau, voyant notre armée surprise du front de bataille que présentoit l'ennemi et de la nombreuse artillerie qu'il avoit disposé de manière à pouvoir balayer toutes les colonnes qui oseroient approcher du pont, descendit de cheval, saisit un drapeau dans les rangs et courut à pied, le planter sur la tête du pont, au milieu d'une grêle de balles qui tuèrent six officiers à ses côtés; il ne fit que dire en partant, que ceux qui aiment sincèrement leur patrie suivent ce drapeau et se ressouviennent de la victoire remportée à Lodi ! toute l'armée le suivit au pas de charge. Cette bataille mémorable a durée trois jours de suite (les 25, 26 et 27 brumaire de l'an V) ; elle a été décidée le 27, par la prise du village d'Arcole, d'où l'ennemi, au nombre de plus de cinquante mille hommes, a été chassé et poursuivi jusqu'à Bonifacio ; il a eu 4000 hommes tués, autant de blessés, 4 à 5000 prisonniers, dont 57 officiers ; il a perdu 4 drapeaux, 18 canons et quantité de caissons.

(14) A Lodi fût livrée une célèbre bataille, et remportée complettement par les Français. Le passage du pont étoit défendu par l'armée entière de Beaulieu, le 21 Floréal de l'an IV : 3000 ennemis furent tués ou blessés, 800 faits prisonniers, et 20 pièces de canon leur furent enlevées. Les Français restèrent maîtres du champ de bataille.

(14 *bis*) Augereau s'étoit déja distingué parmi les patriotes de la Légion germanique dès les années 1792 et 1793 ; il s'est signalé depuis aux batailles et victoires remportées à Figuiers, au Mont-Roch, à Cistella, sur les hauteurs de Pontos, au Champ di Pietri ; à Loano, au fort de Fuentes ;

à Solferino, la Chiesa ; Véronne ; Santo-Marco, Pieve ; au château de la Pietra ; à Primolan ; pres la Brenta ; à Covelo, Bassano, Citadella ; Saint-Martin, Saint-Michel, Caldero et Arcole ; ainsi qu'aux prises de Bezalu, la Pietra, Loano, Finale, Vado, Savone, Cossaria, Ceva ; Fossano, Cherasco, Alba ; Peschiera ; du faubourg Curiale sous Mantoue ; de Reggio, Bologne ; du Fort-Urbain ; de Brescia ; Salo, Lonado, Castiglione ; Bassano, Porto-Legnago d'Arcole, etc.

(15) Dugommier, dans la Martinique, où il jouissoit d'une brillante fortune, étoit connu pour traiter avec distinction les gens de lettres et les autres artistes famés. Il a souvent fait des sacrifices marquants pour en aider plusieurs à s'établir. Dépouillé de sa fortune par les crises et circonstances de la révolution, et réfugié en France, il ne pouvoit plus que faire des vœux pour leurs succès ; mais il ne perdit pas son inclination à obliger ceux qu'il distinguoit encore. Je puis en citer (par forme de digression) un exemple qui m'est personnel. Je lui fis parvenir au quartier général de l'armée des Pyrénées-Orientales un ouvrage militaire que j'avois composé pendant les 11 mois de prison que j'essuiai sous le règne de la terreur, pour avoir sauvé la vie à 19 camarades près de la Vendée. Ce brave général m'a répondu de Vintenac, près Narbonne, où il se faisoit traiter de ses blessures : sa lettre, en date du 24 Messidor de l'an II, que j'ai conservée, m'assuroit qu'après avoir bien goûté mon ouvrage, et en avoir senti l'utilité pour les armées, il l'avoit expédié au comité de Salut public, avec des recommandations particulières et motivés, aux fins de le faire imprimer sur le compte du gouvernement, sous la surveillance et approbation des comités d'Instruction publique et Militaires, réunis. Depuis cette époque, je me suis convaincu auprès de quelques

chefs de ce comité, que cet ouvrage y avoit été soufflé par Barrère, comme bien d'autres d'utilité publique. Peut-être que ce prévoyant député commençoit déjà à faire une collection, pour s'en prévaloir et s'en attribuer le mérite dans les contrées lointaines où il devoit consciencieusement s'attendre d'être un jour déporté, par reconnoissance de ses exploits révolutionnaires et en mémoire de sa vie exemplaire !

Cet ouvrage étoit intitulé : *Livre militaire de poche*. J'y analysois les principes généraux et les règles particulières à suivre, d'après les diverses positions et circonstances prévues par les plus célèbres auteurs qui ont écrit sur l'art militaire pratique, et enseigné celui d'attaquer et de se defendre avec avantage, même avec des forces inférieures, et celui de faire des retraites de jour et de nuit, même en présence de l'ennemi. Cet ouvrage pouvoit dispenser de traîner avec soi ces *in-folio* que l'on délivre gratis au bureau des lois pour chaque état-major ; il étoit divisé en deux parties, dont chacune auroit pu être mise dans une poche de veste. Ne sait-on pas que l'instruction du moment doit être simple, positive, peu volumineuse et portative. Elle doit toujours présenter l'analyse des opérations les plus essentielles, que des circonstances aussi variées que multipliées qui se succèdent pendant la durée d'une campagne, peuvent exiger sur l'instant, et surtout celles qui tiennent de plus près aux devoirs et fonctions des officiers chargés de commander des troupes légères, qui sont, pour le général, le flambeau qui doit continuellement l'éclairer sur la situation, les mouvemens et la nature des desseins de l'ennemi.

Qui peut se flatter d'avoir assez de mémoire pour avoir présent à l'esprit tout ce qu'on peut avoir lu ou étudié en tactique, quand l'occasion s'offrira de le pratiquer. La mémoire peut nous trahir à la vue des circonstances imprévues et périlleuses : alors, on se déconcerte, on reste immobile, on expose la chose publique. Ce qui nous précipite quelquefois dans des fautes dangereuses; car qui n'en fait pas ? Le plus habile à la guerre est celui qui en fait le moins, ou qui, par des ruses et stratagêmes, des marches et contre-marches bien combinées, sait adroitement en faire faire à son ennemi, et l'y conduire comme par la main, pour en profiter et le vaincre.

Il est encore à craindre, lorsqu'on se sera chargé de quelque action importante, que, pour un bon expédient que la mémoire fournira, il n'en échappe beaucoup d'autres qui eussent été autant de moyens de faire une belle attaque, une défense plus heureuse, une retraite plus honorable. Plus on a de moyens et de ruses à employer contre un ennemi habile, mieux on réussit, parce que si l'un devient inutile ou impraticable, on se rejette sur l'autre.

C'est d'après ces réflexions, et pour obvier à ces inconvénients, en tachant de satisfaire à tous ces besoins militaires, que j'ai dressé le plan du Livre de poche en question, à la publication duquel notre cher Dugommier, d'heureuse mémoire, a témoigné, mais envain, prendre un si vif intérêt. Il savoit bien, car il me l'a répété plusieurs fois, que rien n'est plus propre à accélérer nos succès et à consolider la durée de la République, que cet équilibre de résistance qui naît d'une instruction et d'une expérience générale. Mais Barrère, pour mon malheur, s'est trouvé d'une opinion contraire à ce dernier sentiment; aussi mon ouvrage a-t-il disparu par ses soins et son active dextérité.

Le général Augereau en eût connoissance par la bouche de Dugommier même. Il m'en parloit encore pendant son dernier séjour à Paris.

(16) César asservit sa patrie. Ce fut le plus grand capitaine de l'antiquité : il en eût peut-être été le plus grand orateur, s'il se fût livré au bareau. Ses commentaires sont une preuve de ses talens pour écrire l'histoire. (*Extrait du poëme du citoyen Le Sur.*)

(17) Ce fut à l'armée des Alpes que le général Dugommier, ancien militaire très-expert en tactique, a débuté ses exploits pour cette guerre. Il retournoit de la Martinique, où son patriotisme l'avoit fait réussir à avorter les projets liberticides des contre-révolutionnaires ; mais il y perdit toute sa fortune, qu'on évaluoit à environ deux millions écus. Il avoit été nommé député de la Martinique près de la Convention nationale, mais il préféra rester aux armées tant que la patrie seroit en danger. Il commandoit l'aîle gauche de l'armée d'Italie, lorsqu'il a remporté les victoires connues, du nombre desquelles on compte pour une des plus glorieuses celle remportée à Gillette, le 27 vendémiaire de l'an II : car avec 600 Républicains il s'est battu pendant dix heures, sans artillerie, et a vaincu 4200 Autrichiens, Croates et Piémontais, soutenus par dix pièces de canon ; leur a tué un grand nombre d'hommes et fait 88 prisonniers. Le lendemain 28, au même endroit, avec une poignée de soldats, il a attaqué des redoutes formidables et des batteries placées sur plusieurs étages en amphitéâtre dans des montagnes escarpées ; il les a enlevées à la bayonnette ; il y a taillé en pièce plusieurs milliers d'esclaves et leur a fait 800 prisonniers Piémontais. Le premier brumaire suivant, il défit complètement 5000 ennemis à Hutel, avec 900 Républi-

cains, après onze heures de combat. Il prit, le 25 frimaire suivant, de vive force, tous les retranchemens et redoutes qui défendoient Toulon, et enleva 13 pièces de canon; prit le lendemain Toulon; mit en fuite les Anglais et les Espagnols, leur tua 1200 hommes. Il quitta cette armée pour aller commander en chef celle des Pyrénées Orientales, où a il commencé par expulser, avec 3000 Républicains, 10,000 ennemis du village d'Oms, et enlever de vive force les gorges et le pont de Ceret, pendant les journées des 8 et 10 floréal de l'an II: et dans celles des 11 et 12 du même mois, il a gagné la célèbre bataille livrée aux Allberes contre les Espagnols; et leur a enlevé à la bayonnette la fameuse redoute de Montesquiou, hérissée de 200 pièces de canon; tua un grand nombre d'ennemis et fit 2000 prisonniers, après avoir pris leur camp et la plus grande partie de leurs équipages. Ces journées avoient immortalisé l'armée des Pyrénées-Orientales et préparé l'évacuation de cette partie de notre territoire. Dugommier ne s'est pas moins distingué encore dans les victoires qui furent remportées sur les hauteurs du Cap-Béarn et du Puys de Las-Daines, le 15 floréal de l'an II, où six mille hommes arrivèrent à travers les plus nombreux obstacles, sous les ordres de Micas, Guillot et Lepelletier, généraux commandans, et qui commencèrent le siége de Collioure; à Saint-Laurent de la Mouga, le 26 thermidor de l'an II, il battit complètement et mit en déroute une armée de 50,000 Espagnols; le premier jour complémentaire de l'an II, il reprit Bellegarde, dernière place française occupée par l'ennemi; enfin la dernière victoire à jamais mémorable qu'il a remportée sur les Espagnols eut lieu le 27 brumaire de l'an III, à Saint-Sébastien de la Mouga, Montagnes et Chapelle de la Madelaine et de Carbouilhe, *ou il perdit la vie d'un coup d'obus pendant l'action.*

Les Espagnols y perdirent tous leurs camps, leurs redoutes, 30 pièces de canon et quelques milliers d'hommes tués ou prisonniers. Le général Pérignon lui succéda, le même jour et pendant cette bataille mémorable, au commandement en chef de l'armée des Pyrénées-Orientales.

(18) Saint-Elme commandoit par sa position Collioure et Port-Vendre, ce qui rendait sa prise absolument nécessaire avant de songer à la conquête de ces deux dernières places. Dugommier, pour épargner le sang des républicains, fit ses dispositions pour attaquer ce fort par le seul côté où il pouvoit être battu; mais comme il étoit défendu par la nature, il fit ouvrir en peu de jours un chemin de deux lieues à travers les Pyrénées, sur un sentier qu'un homme à pied suivroit difficilement: mais les républicains y eurent bientôt traînés à bras des pièces de 24 et des mortiers de 12 pouces, transporté les bombes et les boulets nécessaires. Il enleva le fort, fit évacuer Port-Vendre par l'ennemi, et reprit Collioure, fit 7000 Espagnols prisonniers jusqu'à l'échange, et força leur général Navarros à signer la capitulation telle qu'il la lui avoit présentée, et lui enleva toute son artillerie, le 7 prairial de l'an II.

(19) Le général Pérignon, successeur du brave Dugommier au commandement de l'armée des Pyrénées-Orientales, s'est immortalisé par la prise de *Rose*, après 27 jours de siège. La garnison a été forcée de se rendre à discrétion et de livrer 60 bouches à feu et tous ses magasins. La prise de la forteresse de *Figuiers* lui a valu 271 bouches à feu et 200 milliers de poudre. La garnison, de 9500 hommes, fut faite prisonnière. Pérignon ne s'est pas moins signalé aux batailles et victoires remportées au de-là de la Jonquière, à Saint-Sébastien de la Mouga, Montagnes, à la Chapelle de la Madelaine et de Carbouilhe; à Escola, Liers, Vilartoly; Crespia et Bascora: ainsi qu'à l'enlève-

ment à la baïonnette de 800 redoutes et de tous les camps d'une armée de 500 mille Espagnols.

(20) Marceau s'étoit déjà distingué dans le corps des Cuirassiers de la légion Germanique ; quelques intrigans, jaloux de son mérite et de ses talens autant que de sa place (les Laurent, les Dangerville et leurs adhérents, fiéfés terroristes), sur de fausses dénonciations que l'on accueilloit alors, l'avoient fait plonger dans des cachots à Tours, avec Augereau et plusieurs autres patriotes connus. Ce ne fut qu'après avoir lutté contre les représentans Carra et Julien de Toulouse (a) à Tours, contre Marat et compagnie à la tribune de la Convention ; enfin, contre le gros et gras général Ronsin, et Vincent, d'odieux souvenir ; et avoir publié des mémoires justificatifs distribués au Corps législatif et dans le département d'Eure et Loir, où ils ont été accueillis ; ce n'est, dis-je, qu'après ces faits et démarches, et avoir victorieusement, avec preuves en main, réfuté et détruit les seize chefs d'accusation à eux tous imputés, que j'ai réussi d'abord à prévenir les dispositions faites par un bataillon de Paris pour aller les égorger dans leur prison, ensuite à empêcher qu'ils ne soient guillotinés, comme tant d'autres victimes innocentes ; enfin, à leur procurer successivement à tous la liberté ; ce qui me valut bientôt après, onze mois d'arrestation, autant pour avoir été leur défenseur officieux auprès du Corps législatif, qu'auprès des autorités constituées à Tours. Ces Terroristes, pour achever d'assouvir leur rage, eurent la générosité de me faire placer, au nombre des candidats, sur leur liste de proscription.

(a) Le représentant Julien de Toulouse est depuis convenu que sa religion avoit été trompée avec tant d'astuce qu'il n'avoit pu s'en défendre, et qu'il avoit reconnu trop tard que Dangerville étoit un émigré et Laurent un bas intriguant de la dernière espèce,

Marceau et Augereau (que ces messieurs avoient dénoncés pour contre-révolutionnaires) furent les premiers mis en liberté. Marceau sortit assez à temps pour se trouver à l'affaire de Saumur et sauver la vie à un représentant du peuple, qui étoit entouré sur le pont par cinq brigands. Il en tua deux, mit les trois autres en fuite, fit monter le représentant sur son cheval, et s'en fut à pied le sabre à la main vers l'ennemi. La Convention, informée de ce trait de bravoure, en décréta la mention honorable et le nomma, séance tenante, *Adjudant-Général*. Il a depuis marché de victoires en victoires; et s'est signalé en personne aux batailles et victoires remportées au Mans; à Seneff; Nivelle, vers Gembloux; Coblentz; Creutzenach; Mayence; et au combat qui eût lieu sur toute la ligne, dans le Hundsruck, où l'ennemi fut battu sur tous les points; ainsi qu'au prises de Coblentz et de tous les retranchemens les plus formidables; au fort de Kœnigstein, hérissé de 171 pièces de canon, et à l'expulsion de l'ennemi au de-là du Rhin.

Marceau, chargé de couvrir la retraite de l'armée de Sambre et Meuse, pendant qu'elle franchissoit les défilés d'Altenkirchen, fut blessé mortellement, le 19 Novembre, d'un coup de carabine, par un chasseur Tyrolien qui l'avoit reconnu aux marques distinctives de son grade. Il est mort de cette blessure, âgé de 27 ans, après avoir fait deux campagnes sur le Rhin, et une dans la Vendée.

L'estime que les ennemis faisoient de lui fut bien marquée par la suspension d'armes, pendant 24 heures, qu'ils provoquèrent, pour lui rendre les honneurs funèbres, de concert avec l'armée française. L'impression que cette mort leur fit, les soins que le prince Charles lui fit administrer par son médecin privé, après avoir été en personne lui rendre visite, ajoutent infiniment au panégyrique que les exploits et mérites de ce brave général pourroient encore inspirer à d'autres historiens patriotes et zélés.

(21) *Armorique*, c'est le nom que les anciens donnoient à la Bretagne. *(Extrait comme le n°. 16.)*

(22) Turenne, tué près de Salsbach en 1675, fût pleuré par Montécueulli.

(22 *bis*) Ce qui est guillemeté en marge, est extrait du poëme du citoyen Le Sur. Etant une relation d'un fait historique, trop beau pour en rien dénaturer, j'ai cru devoir l'encadrer comme tel et sous ces rapports.

(23) On entend faire ici mention du fameux camp de la Lune. Kellermann, général en chef de l'armée des Alpes, fameux lui-même par le courage et la prudence avec lesquels il se conduisit lors de la retraite des Prussiens dans la Champagne, a contribué infiniment aux succès de l'armee d'Italie, par sa contenance ferme et les renforts successifs qu'il lui a envoyés. Il s'est encore signalé par la prise de Moutier et du bourg Saint-Maurice, et par l'expulsion de l'ennemi du territoire du Mont-Blanc.

(24) Berthier, chef de l'état-major général de l'armée d'Italie, s'est distingué par ses talens, sa grande activité et sa bravoure, et s'est singulièrement montré aux batailles qui furent livrées à Casale, près de Cordogno, et à celle de Rivoli, et par la conclusion de l'armistice avec le duc de Parme, le 20 Floréal de l'an IV. L'anecdote de Granville est un fait historique arrivé au siège de Grandville dans la Vendée.

(25) Jourdan s'est signalé en personne aux batailles et victoires remportées à Vattignie, Arlon près Charleroi; à Trassignie; Fleurus; Vaterlo; sur les hauteurs de Tirlemont; près Liège; à Maseick, Lauwfeld, Emale, Mon-

tenacken ; Sprimont ; au camp de la Chartreuse ; à Aldenhoven ; Francfort, Mayence ; Sulzbach, Poperg et Leinfeld ; et par le passage de la Sambre ; de l'Ourt, de Laywale et du Rhin près Neuwied ; ainsi qu'au débloquement de Maubeuge et aux prises d'Arlon ; de Saint-Hubert, Dinant, Charleroy ; Bruxelles, Namur, Liège ; des postes du bois d'Aix-la-Chapelle et de Reckem ; de Juliers, Cologne ; des redoutes de Neuwied ; du fort de Rothemberg et de Castel, etc. etc., et par la conclusion du traité de paix avec le duc de Würtemberg, le 30 Thermidor de l'an IV. La nomination de ce général au Corps législatif honore ceux qui en ont fait le choix.

(26) Pichegru s'est signalé en personne aux batailles et victoires remportées près Strasbourg, à Offendorff, Druzenheim et à Boxtel : ainsi qu'à l'enlèvement des cinq postes de Neuviller ; des redoutes formidables de Bouxveiller ; des postes de Brumpt et d'Haguenau, et des retranchemens de Bischweiller ; et aux prises de Druzenheim, d'Haguenau ; de Courtray, Tournay ; d'Oudenarde ; de Gand, d'Hultz ; d'Axel ; de Sas-de-Gand, Grave ; d'Heusden ; d'Utrecht ; d'Amersfort ; des lignes du Greb ; de Gertruydenberg et de l'enlèvement de tous ses forts ; d'Amsterdam ; de Gorcum, Dordrecht ; et de toutes les provinces-unies de la Hollande ; de toutes ses places fortes et vaisseaux de guerre, etc. etc. La nomination de ce général au Corps législatif, honore également ceux qui en ont fait le choix.

(27) Hatry a remporté le 18 et 19 Messidor de l'an II, une victoire complette sur les coalisés à Sombref, Boignée et Balatre, où il tua 4000 ennemis et fit 800 prisonniers. Le 28 suivant il prit Namur ; força l'ennemi à la retraite ; prit 100 pièces de canon et fit 400 prisonniers. Le 3 Thermidor suivant, Hatry mit l'ennemi en déroute à Hui, et

prit Saint-Tron. Le 9 du même mois il défit tous les avant-postes des ennemis devant Liège et fit entrer les Français victorieux dans cette ville, après avoir fait 300 prisonniers ennemis. Le 24 Prairial de l'an III, Hatry prit Luxembour ; l'ennemi y perdit 12396 prisonniers de guerre, 25 drapeaux, 819 bouches à feu, dont 467 en bronze ; 16244 fusils ; 336857 boulets ; 47801 bombes ; 114704 grenades ; 1,033,153 livres de poudre, etc. etc. Il fut depuis appellé par le gouvernement pour remplacer le général Buonaparte dans le commandement de l'armée de l'intérieur, où, par sa conduite politique, laborieuse et exemplaire, il a su captiver les cœurs de tous ceux qui le connoissent.

(28) Après six jours de tranchée ouverte, c'est-à-dire, le 7 Messidor de l'an II, Charleroy fut pris par Hatry sous les ordres de Jourdan ; et Reignac, son commandant, se rendit à discrétion. La garnison fut faite prisonniere au nombre de 3000 hommes. On y prit 150 pièces de canon et tous les magasins de l'ennemi. Cette victoire a favorisé la jonction de l'armée française des Ardennes, avec celle qui se trouvoit en Flandre sous le commandement du général Pichegru.

(29) Lefevre s'est signalé en personne aux batailles et victoires remportées à Apach, au nord de Sierck ; Valerlo ; au passage du Rhin ; à Henef et Hanelshorn ; sur la Lahn ; à Willerdorff, Butzbach, Obermel, Camberg ; Altendorff, et sur la Rednitz : ainsi qu'aux prises de Keiserswerth, Dusseldorff ; Altenkirchen ; Wetzlar, Limbourg, Dietz, Nasseau ; Friedberg ; Kœnigshoffen et Forschein, etc.

(30) Hoche s'est signalé en personne aux victoires et batailles remportées à Bising, Werd, Reishoffen, Gondershoffen ; Oberseebach ; à l'évacuation forcée des lignes de la Lauter, de Weissembourg ; à la levée du blocus

de Landau par l'ennemi ; à Germersheim, Frankenthal ; près le fort Vauban, et à l'expulsion par les coalisés du département du Bas-Rhin : ainsi qu'aux prises de Bising, Blise-Castel ; Worms, du fort Vauban ; à l'enlèvement des postes formidables de Germersheim, Spire, et de tous les magasins de l'ennemi ; et s'est enfin immortalisé par la pacification générale de toute la Vendée, etc. etc.

(31) Schérer s'est signalé en personne aux batailles et victoires remportées à Landrecies ; au Quesnoi ; à Valenciennes ; Condé ; Maseick ; Leuwfeld ; Emale ; Montenacker ; au passage de l'Ourt et de Laywale ; à Sprimont et à la levée du camp de la Chartreuse ; au Champ di Pietri ; et aux prises de la Pietra ; Loano, Finale, Vado et Savonne, le 7 Frimaire de l'an IV.

(32) Moreau s'est signalé en personne aux batailles et victoires remportées à Ysendick, au passage du Cacysche, à Birkenfeld, Oberstein, Kirn, Trarbach, Meisenheim ; Kaiserlautern, Tripstadt, Neustadt, Spire ; Renchen, Rastad, Kupenheim ; Etlingen, Durlach, Carlsruh ; Echingen, Neresheim, Heidenheim, Friedberg, au passage du Lech ; à Ingolstadt, Fresing ; Riberac, Stenhausen ; Rentzengen, Simonswald, et devant Kehl ; ainsi qu'aux prises de Menin, Ypres, Ostende, Nieuport ; à l'enlèvement à la baïonnette des redoutes et du poste de Tribstadt ; à la prise de Cassandria, Trèves ; du fort l'Ecluse ; de Kreutznach, Bingen, Rheinfels, Burich et de tous ses retranchemens ; à l'enlèvement de vive force des redoutes de Salbach près Mayence ; des retranchemens forcés à Mutterstatt ; du fort de Kehl ; au passage du Rhin près Strasbourg ; de Wilstett, Stuttgard : et par la conclusion du traité de paix avec la Margrave de Baden, le 13 Fructidor de l'an IV, etc. etc.

(33) Kléber s'est signalé en personne aux batailles et victoires remportées à Lernes, Marchiennes, Monceau, Souvret, Sprimont, Altenkirchen, sur la Lahn, la Sieg et la Acher, à Butzbach, Obermel, Camberg, et sur la Reduitz ; ainsi qu'aux prises de Mons, de Nieuport, à l'enlèvement de vive force de la montagne de Fer près Louvain, des redoutes et du camp de Rœulx, des postes du Mont-Palisel et du bois d'Harvé, aux prises de Maseick, Lauwfeld, Emale, Mentenacken, au passage de l'Ourt et de Laywale, à la levée du camp de la Chartreuse par l'ennemi, au passage du Rhin par l'aîle gauche, aux prises de Maestricht, Keiserweith, Dusseldorff, Altenkirchen, Limbourg, Dietz, Nasseau, Friedberg, Francfort et Forscheim, etc. etc.

(34) Souhan s'est signalé en personne aux batailles et victoires remportées près de la Lys ; à Houtem et Werwick, devant Tournay ; à Courtray, Ingelmunster ; Menin et Nimegue ; ainsi qu'à l'enlèvement des postes de Warneton, Comines, Werwick, Roncq, Alluin, Menin, Furnes et Poperingues, etc. etc.

(35) Le troisième jour complémentaire de l'an III, il y eut un grand combat sur la Lahn, à la suite duquel les Français, sous les ordres de Kléber et Lefevre, généraux de division, prirent Limbourg, Dietz et Nassau ; les ennemis y perdirent beaucoup de hussards de Saxe et de la cavalerie des émigrés. Le passage du Rhin près Neuwied est très-célèbre ; les généraux Jourdan, Championnet et Bernadotte, y pritent plusieurs redoutes armées ; grand nombre d'ennemis furent tués et blessés ; 780 prisonniers y furent faits, dont 20 cavaliers montés : prise de trente voitures d'équipages ; le général autrichien et les deux princes de Rohan, émigrés, n'eurent que le temps de se

sauver, et perdirent leurs équipages. Le Rhin prend sa source dans une montagne de la suisse, près St.-Gothard.

L'armée française du Rhin, dans le mois de Nivôse de l'an II, s'étendoit alors dans le Palatinat, depuis Spire jusqu'à Wachenheim, sur le Nord; et celle de la Moselle, depuis le Nord jusqu'à Kaiserlautern; toutes les deux avoient des patrouilles jusqu'à Grandstadtt : les Français déployèrent en même temps la plus grande activité dans les fortifications qu'ils avoient élevées et consolidées à Germersheim; ils avoient établi un camp inexpugnable devant ce point, et un autre sur les hauteurs de Neusdorff, en face de Landau. Ce poste étoit d'autant plus important, qu'il couvroit Landau, assuroit la conservation des lignes de Kehl et ouvroit la porte du Palatinat; aussi, avec de si savantes dispositions militaires, le général Hoche, dans le même mois, eût bientôt culbuté l'ennemi sur tous les points; il leur enleva de vive force tous leurs postes, leurs forts, leurs villes et leurs magasins : et ce fut le 29 du même mois, à la reprise du fort Vauban, qu'il leur fit évacuer tout le département du Bas-Rhin.

(36) L'entrée victorieuse de l'armée de Sambre et Meuse, commandée par Jourdan, eût lieu à Bruxelles le 22 Messidor de l'an II. L'ennemi perdit en outre tous ses magasins et munitions.

(37) Maestricht fut pris par Kléber, le 14 brumaire de l'an III, après onze jours de tranchée ouverte. La garnison, de dix mille hommes, fut faite prisonnière sur parole. On s'empara de 351 bouches à feu, de 20000 fusils, et de 400 milliers de poudre. (Armée de Sambre et Meuse.)

(38) Ce fut le premier Thermidor de l'an II, que Jourdan défit l'ennemi sur les hauteurs en arrière de Tirlemont. Grand nombre d'ennemis furent tués, blessés ou faits prisonniers. (Armée de Sambre et Meuse.)

(39) Le 27 Messidor de l'an II, Kléber, après avoir enlevé de vive force le poste de la montagne de Fer près Louvain, chassa l'ennemi de cette place, et prit la ville après une vigoureuse résistance. (Armée de Sambre et Meuse.)

(40) Le 6 Messidor de l'an IV, Moreau passa le Rhin près Strasbourg, prit le fort de Kehl. L'ennemi eût beaucoup d'hommes tués, blessés, ou faits prisonniers, et se vit enlever 16 canons et 2000 fusils. Le deuxième jour complémentaire de l'an IV, à la pointe du jour, l'ennemi attaqua le fort de Kehl, défendu par Sisce, général de brigade, le traversa, arriva jusqu'à la tête du grand pont, où il a été arrêté, culbuté et repoussé jusqu'au-delà du village de Kehl, avec une perte considérable en tués et blessés, 300 ennemis faits prisonniers, dont 30 officiers. Le 2 Frimaire de l'an V, Moreau et Desaix firent une sortie vigoureuse à la tête de la garnison de Kehl; la ligne ennemie fut forcée sans tirer un coup de fusil; une partie de son artillerie enclouée : l'ennemi éprouva une perte considérable en tués ou blessés; 6 à 7 cents furent faits prisonniers, et on leur enleva 10 canons. (Armées du Rhin et Moselle.)

Kehl est un fort important situé sur la rive droite du Rhin, dans une île que forme ce fleuve, à l'opposite de Strasbourg. Il a été bâti sur les dessins de Vauban, et cédé au prince Louis de Bade, par le traité de Riswichen, en 1703.

(41) Worms fut pris par Hoche après la retraite forcée des ennemis, le 17 Nivôse de l'an II. (Armées du Rhin et Moselle réunies.) Le 27 Vendémiaire de l'an III, Michaux, après avoir mis en déroute l'ennemi près de Kircheim et de Worms, reprit ces deux villes que les républicains avoient

depuis abandonnées dans une retraite. Le premier brumaire de l'an III, Desaix, général de division, prit Alzey et Oppenheim, après avoir mis les ennemis en déroute entre Creutzenach et Worms. (Armée du Rhin.)

(42) Les garnisons de Philisbourg et Manheim, le 18 Fructidor de l'an IV, avec 4000 paysans armés, ayant résolu d'attaquer le camp français de Bruschall, commandé par Schers, général de brigade, et Ramel, adjudant-général, furent devancées, attaquées et repoussées jusques sous les murs de Philisbourg ; les paysans furent en grande partie taillés en pièces.

(43) Le 30 Messidor de l'an II, Moreau prit Nieuport après cinq jours de tranchée, s'empara de 60 pièces de canon, et fit 2000 ennemis prisonniers. Le 13 du même mois il avoit pris Ostende, avec quantité de vaisseaux ennemis. Ostende a été pris après une marche forcée de douze lieues, et après l'essai d'une canonade pendant deux heures. Cette conquête étoit d'autant plus importante, qu'elle lioit la terre à la mer, en doublant nos forces pour défendre le continent.

(44) Le 7 nivose de l'an III, passage du Waal ; les retarnchemens ennemis forcés à la bayonnette. Prise de Bommel, du Fort Saint-André et de quatre postes environnans, par Daendels, commandant. (Armée du Nord.)

(45) Le 19 Brumaire de l'an III, Moreau et Vandamme s'emparèrent de Burich, après en avoir forcé les retranchemens ; 100 ennemis furent tués et 50 faits prisonniers.

(46) Ce fut le 17 Messidor de l'an II que Pichegru prit Oudenarde et Gand. L'ennemi y perdit 24 pièces de canon, 10000 boulets, 300 mille rations de fourrage, et 14 bateaux chargés de munitions, (Armée du Nord.)

(47) Pichegru, le 7 Floréal de l'an II, prit Courtray, après

une bataille générale sur toute la ligne, depuis Dunkerque jusqu'à Givet, enleva les canons, les magasins ennemis. Le 22 suivant, Souhan, après un combat de 7 heures devant Courtray, mit l'ennemi en déroutte complette, leur prit plusieurs canons et caissons, et leur fit 150 prisonniers. Le 29 du même mois il gagna une bataille sur les Coalisés entre Menin et Courtray : le duc d'Yorck fut forcé de s'enfuir précipitamment, après s'être vu enlever 65 pièces de canon, et avoir laissé un grand nombre de ses soldats sur le champ de bataille. (Armée du Nord.)

(48) Le 13 Messidor de l'an II, Kléber prit Mons, après avoir mis l'ennemi en déroute et s'être emparé de 20000 quintaux de grains. Le même jour, Kléber enleva les redoutes et le camp de Rœulx, les postes du Mont-Palisel et du bois d'Harvé. (Armée du Nord et de Sambre et Meuse.)

(49) Moreau et Vandamme, le 10 Floréal de l'an II, prirent Menin et une grande quantité d'artillerie; 1500 ennemis restèrent sur le champ de bataille.

(50) Souhan et Daendels, le 21 Floréal de l'an II, défirent l'ennemi devant Tournay, prirent 11 pièces de canon, et lui tuèrent 1200 hommes. Le 14 Messidor suivant ils firent leur entrée dans Tournay, après avoir pris à l'ennemi 20 pièces de canon et beaucoup de munitions.

(51) Lorsque la partie droite de l'armée du Nord continuoit ses succès au-devant de Charleroy, la gauche poursuivoit les esclaves dans la West-Flandre, et l'Escaut servoit de témoin à nos nouveaux triomphes. Clairfayt fut complettement battu par Pichegru, partie sur Bruges, et partie sous les murs de Gand, dans le mois de Messidor de l'an II. Du côté de Deux-Ponts, l'approche des Français répandit l'allarme dans tous les environs; on ne vit plus sur les

routes que des fuyards. Du côté où Pichegru commandoit les vainqueurs d'Ypres, l'empereur avoit fait évacuer Orchies, le Catau, et même Saint-Amand, et abandonner les ouvrages qu'il avoit fait faire devant Bouchain : la division du général Jacob eût bientôt cerné Landrecies de toutes parts, ainsi qu'une partie de la forêt de Mortmalle, qu'il fit garder sur tous les points. Le 10 du même mois le représentant écrivit de Maubeuge que les esclaves fuyoient; d'autres lettres officielles des 13, 14 et 15 du même mois annoncèrent à la Convention la défaite et la fuite des Impériaux et des Anglais aux deux bouts des frontières et des bords de la Sambre et de l'Escaut. Le 10 du même mois, les ennemis furent chassés de Retigny après quelque résistance près du bois de Bourdon et du pont de pierre; on les eût chassés jusqu'au-delà de Mons si l'on eût été en force; on se contenta de prendre leurs magasins jusqu'à ce qu'on aie pû les rejoindre, car ils coururent nuit et jour après cette déroute.

(52) Les marins de la République française se sont immortalisés dans le terrible combat du 13 Prairial. Leur valeur et leur courage ont été tels que les matelots anglais ont dit, en parlant de nos marins : *Les Français sont comme des cailloux, plus nous les avons frappés, plus ils rendaient de feux !*

(53) L'amiral Howe commandoit les Anglais; Nieli, contre-amiral, commandoit une division des Français; Vilaret, contre-amiral, commandoit l'autre division. Ce fut le 9 Prairial, qu'on apperçut pour la première fois la flotte anglaise, qui étoit déjà dans les croisières, et à l'affût d'une flotte nourricière qui nous arrivoit de l'Amérique sous l'escorte de quelques vaisseaux de ligne. Le 10 au matin, l'Anglois manœuvra de manière à nous inquiéter.

Cependant le contre-amiral Vilaret ayant voulu prévenir le dessein de l'ennemi, engagea le combat; il se soutint contre des forces inégales. L'ennemi se retira. Sa ligne étoit ce jour-là de 30 vaisseaux. Le combat avoit duré six heures; et s'il n'a pas été décisif, au moins a-t-il été glorieux pour les Français. Le 11, le 12 et le 13 suivant, l'ennemi parut avec 24, puis 28 vaisseaux sur sa ligne. La *Proserpine*, chargée de le reconnoître, en compta 34, dont 9 à trois ponts : les Français n'avoient que 26 vaisseaux, dont 3 seulement à trois ponts; et ce fut avec cette inégalité de force que le combat s'engagea. L'action avoit commencé à 9 heures du matin et elle a duré jusqu'à 3 heures. Ce fut le plus rude et le plus terrible combat dont l'Océan ait jamais été témoin. Les Français y montrèrent plus d'impétuosité que de méthode. Sur différens points de notre ligne, on a vu couler bas 3 vaisseaux anglais. Ils ont cessé le feu les premiers et abandonné le champ de bataille, cruellement maltraités. Le *Papillon*, corvette de quatre, a été prendre à la remorque un de nos vaisseaux sous la volée de l'ennemi, sans tirer un coup de canon. Les Anglais quittèrent les croisières, et les 300 navires chargés de grains et attendus arrivèrent à bon port, sans avoir été atteints par l'ennemi.

(54) Il est un exemple d'un généreux dévouement pour la patrie, pendant le combat en question. Le *Vengeur*, vaisseau français, poursuivi et près d'être entouré des ennemis, criblé de boulets, prenant l'eau de toutes parts, et prêt à couler bas, se voyant sur le point de tomber au pouvoir des Anglais, s'est abîmé, après avoir hissé tous ses pavillons et ses flammes, aux cris de *vive la République !*

(55) Pour honorer la destinée des républicains qui ont

péri si glorieusement sur le *Vengeur*, et célébrer leurs vertus, la Convention nationale a décrété qu'il seroit suspendu à la voûte du Panthéon français une forme de vaisseau de ligne représentant le *Vengeur*, où seroient inscrits les noms des braves républicains qui le composoient.

(56) Le 2 Nivôse de l'an II, Hoche, général en chef, défit l'ennemi à Werdt et lui a enlevé à la baïonnette plusieurs redoutes; il lui prit 16 pièces de canon et 24 caissons. Il y eut dans cette affaire 300 ennemis tués ou blessés, et nous fîmes 500 prisonniers. (Armées de Rhin et Moselle réunies.

(57) Prise d'Oudenarde et de Gand, le 17 Messidor de l'an II, par Pichegru, général en chef; 24 pièces de canon, 10000 boulets, 300000 rations de fourrage, 14 bateaux chargés de munitions. (Armée du Nord.)

(58) Entrée des Français dans Bingen, sous les ordres de Moreaux, général en chef, le 29 Vendémiaire de l'an III, après avoir chassé les Prussiens des positions importantes qu'ils avoient en avant de la ville. (Armée de la Moselle.)

Les généraux de division Ligniville, Poncet et Hardy, attaquèrent et prirent le 5 Brumaire de l'an V, St.-Vendel, Kayserslautern, Kirchenpoland, Bingen, et la montagne Saint-Roch; l'ennemi, forcé sur tous les points, fut obligé d'abandonner quatre camps; grand nombre des siens furent tués ou blessés, dont 5 officiers supérieurs, 100 hommes faits prisonniers, 1 canon de pris. (Armée de Sambre et Meuse.)

(59) Francfort fut pris le 28 Messidor de l'an IV par Kléber, général de division; on y enleva 171 canons de bronze, 5000 fusils, 15000 cartouches à fusil, 1900 livres de poudre. (Armée de Sambre et Meuse.

(60) Prise de Bendorff, Dierdoff et Montabaur, par l'adjudant-général Ney, le 17 Prairial de l'an III; 46 hommes faits prisonniers; prise de 200 quintaux de farine, 1000 sacs d'avoine, 150000 rations de pain, et 10200 bottes de foin. (Armée de Sambre et Meuse.)

(61) Entrée des Français dans Stuttgard, le 30 Messidor de l'an IV, sous les ordres de Moreau, général en chef, et de Saint-Cyr, général de brigade : combat opiniâtre à Echingen; les Français maîtres de toute la rive gauche du Necker; 800 ennemis tant tués que blessés; 300 prisonniers. (Armées du Rhin et Moselle.)

(62) Pichegru, général en chef, et Salme, commandant, forcèrent la ville de Grave à se rendre, le 7 Nivôse de l'an III. Ils firent 1800 prisonniers, non compris la garnison, prirent 100 bouches à feu et 600 chevaux. (Armée du Nord.)

(63) Moreaux, général en chef, a chassé l'ennemi d'Ettlingen, Durlach et Carlsruh, le 22 Messidor de l'an IV; 1600 ennemis tués et autant de prisonniers, (Armée de Rhin et Moselle.)

(64 et 65) Prise de Hulz, Axel et Sas-de-Gand, par Pichegru, général en chef, le 5 Brumaire de l'an III. (Armée du Nord.)

(66) Prise d'Utrecht, d'Amersfort et des lignes de Greb, le 28 Nivôse de l'an III, par Pichegru, général en chef, et de 80 pièces de canon. (Armée du Nord.)

(67) Michaud, général en chef, prit Otterberg, Rockenhausen, Landsberg, Alzein et Oberhausen, après la retraite forcée de l'ennemi, le 23 Vendémiaire de l'an III. (Armée du Rhin.)

(68) Jourdan, général en chef, avec les généraux de

division Schérer et Kléber, le deuxième jour complémentaire de l'an II, ont remporté une victoire complette par toute la ligne de l'armée, depuis Maseick jusqu'à Sprimont: prise de Lauwfeld, d'Emale et de Montenacken : passage de l'Ourt et de Laywale ; levée du camp de la Chartreuse par l'ennemi ; 2800 des siens tués, 1500 prisonniers ; prise de 30 canons, 5 drapeaux, 79 caissons. (Armée de Sambre et Meuse.)

(69) Klein, général de brigade, le 6 Thermidor de l'an IV, fait capituler la ville et la citadelle de Wurtzbuorg ; 2000 hommes d'infanterie et 300 de cavalerie faits prisonniers de guerre ; prise de 308 bouches à feu, 72 milliers de poudre, 224523 cartouches à fusil. (Armée de Sambre et Meuse.)

(70) L'ennemi attaqué sur toute la ligne le 11 Vendémiaire de l'an V, est mis en déroute par Moreaux, général en chef, et les généraux de division Desaix et St.-Cyr ; grand nombre d'hommes tués ou blessés, 5000 faits prisonniers, dont 65 officiers ; prise de plusieurs drapeaux et 20 canons. (Armées de Rhin et Moselle.)

(71) Prise de Lambsheim et de Franckenthal par les Français, sous les ordres de Michaud, général en chef, le 12 Floréal de l'an II. (Armée du Rhin.)

(72) Défaite de 800 Piémontais par 500 Français, à Castel-Génest et à Brec, après deux combats successifs, le 4 Frimaire de l'an II, sous les ordres de Massena, commandant. (Armée d'Italie.)

(73) Sous les ordres d'Houchard, général en chef, le 9 Septembre 1793, an premier de la République, fuite précipitée du duc d'Yorck, retraite de 40000 Anglais, Hessois et coalisés, forcés par suite de la bataille d'Hons-

coote, de lever le blocus de Dunkerque et de Bergues. Prise de 52 canons et de 3000 milliers de poudre. (Armée du Nord.)

(74) Hoche, général en chef, les 5 et 6 Nivôse de l'an II, force l'ennemi d'évacuer les lignes de la Lauter, de Wissembourg, et de lever le blocus de Landau. (Armées du Rhin et Moselle réunies.)

(75) Combat et prise de Creutzenach par les Français, sous les ordres de Moreaux, général en chef, le 26 Vendémiaire de l'an III. (Armée de la Moselle.) Prise d'Alzey et d'Hoppenheim ; déroute des ennemis entre Creutzenach et Worms, le premier Brumaire de l'an III ; par Desaix, général de division commandant. (Armée du Rhin.) Marceau, général de division, le 20 Brumaire de l'an IV, livre un combat près Creutzenach, où l'ennemi a été forcé de repasser la Nahé ; 400 ennemis tués, 150 faits prisonniers, dont 6 officiers et un aide-de-camp du général Clairfayt. (Armée de Sambre et Meuse.) Attaque et prise de Creutzenach ; 200 ennemis tués, 500 prisonniers, le 10 Frimaire de l'an IV. par Bernadotte, général de division. (Armée de Sambre et Meuse.)

(76) Le 17 Fructidor de l'an IV, l'ennemi, attaquant et attaqué depuis Inglostadt jusqu'à Fresing, par Moreaux, général en chef, Desaix, Saint-Cyr et Ferino, généraux de division, est battu sur tous les points ; 1500 des siens tués ou blessés, 300 faits prisonniers ; prise de 106 chevaux, 1 obusier et 1 caisson. (Armées du Rhin et Moselle.)

(77) Devant la forêt de Grunnevald, près Luxembourg, le premier Frimaire de l'an III, Debrun, Huet et Peduchelle, commandans, défient plus de 4000 ennemis, après

un combat de 7 heures. Prise de 3 pièces de canon et de 4 caissons; 30 ennemis faits prisonniers. (Armée de la Moselle.)

(78) Hondschootte. Voyez la notte 63.

(79) Le 26 Germinal de l'an IV, combat de Dégo, déroute de l'ennemi; 600 ennemis tués ou blessés, 1400 faits prisonniers, par Buonaparte, général en chef, et Massena, général de division. (Armée d'Italie.)

(80) Buonaparte, général en chef, le 21 Floréal de l'an IV, gagne la fameuse bataille de Lody; passage du pont, défendu par l'armée entière de Beaulieu; 3000 ennemis tués ou blessés, 800 prisonniers, et prise de 20 pièces de canon. (Armée d'Italie.)

(81) Ls 18 Messidor de l'an IV, plusieurs milliers de paysans révoltés sont attaqués au village de Lugo par un bataillon et mis en déroute; grand nombre de révoltés tués par Pourailler, chef de brigade commandant. (Armée d'Italie.)

(82) Le 26 Germinal de l'an IV, prise de Batisolo, de Bagnosco et de Pontenocetto, avec 60 prisonnier de guerre, par Serrurier, général de division, commandant. (Armée d'Italie.)

(83) Bataille de Mentenotte, livrée par Buonaparte, général en chef, Laharpe et Massena, généraux de division, le 23 Germinal de l'an IV; déroute complette des ennemis avec perte de 4000 hommes, dont 2500 prisonniers, de plusieurs drapeaux et bouches à feu. (Armée d'Italie.)

(84) Mauco, commandant, le 7 floréal de l'an II, à la crête de Roqueluche, mit en déroute 4000 hommes d'infanterie, 10 escaerons de cavalerie espagnole, repoussés

à la baïonnette. Perte considérable de l'ennemi (Armée des Pyrénées-Occidentales.)

(85) Le 7 Floréal de l'an II, déroute des Espagnols et des émigrés, repoussés des postes d'Arneguy et d'Irameaca par Harispe, commandant : 80 ennemis tués, 17 faits prisonniers. (Armée des Pyrénées-Occidentales.)

(86) Laval, chef de brigade, le 29 Messidor de l'an IV, attaque et met en déroute tous les postes ennemis, entre le Necker et la Kinche ; grand nombre d'ennemis tués ou blessés, 300 prisonniers, 6 caissons, 40 chevaux. Prise de Rheinfelden, Seckingen, et de tout le Frickthal ; on s'empare de beaucoup de vivres et de quelques canons. (Armée de Sambre et Meuse.)

(87) Le 10 Floréal de l'an II, victoire remportée par Souhan à Mont-Castel, sur 20000 Autrichiens. Prise de 32 canons et de 2 drapeaux ; 4000 ennemis tués. (Armée du Nord.)

(88 et 89) Le 17 Pluviôse de l'an II, déroute complette des Espagnols à Sare et Berra, par Duprat, commandant. (Armée des Pyrénées-Occidentales.)

(90) Le 17 Septembre 1796, reprise du poste de Vernet et de 6 pièces de canon, par 1500 Français, sous les ordres de Daoust, général en chef. Bataille à Peyres-Torlis, gagnée par 7500 Français sur 14000 Espagnols. Déroute complette de l'ennemi ; prise de son camp, de 26 canons, 4 obusiers, et de quantité d'or et d'argent ; 900 ennemis tués, 1200 blessés, 1600 prisonniers. (Armée des Pyrénées-Occidentales.)

(91) Bataille de Rastadt, livrée le 17 Messidor de l'an IV, par Moreaux, général en chef, Desaix et Saint-Cyr, généraux de division ; perte énorme de l'ennemi sur le champ

de bataille ; il est chassé de Kupenheim et contraint de repasser la Murg ; 600 Autrichiens faits prisonniers ; prise de 8 pièces de canon. (Armée du Rhin et Moselle)

(92) Le 21 Germinal de l'an premier, avantage signalé remporté par un foible détachement sorti de Philippeville, (ou vedette républicaine) sous les ordres de Charbonnier, général commandant, qui chasse l'ennemi du bois situé entre Villiers et Florenne, et le met en déroute après lui avoir tué 70 hommes et fait plusieurs prisonniers. (Armée des Ardennes.)

(93) Pichegru, général en chef, le 30 Fructidor de l'an II, met l'ennemi en déroute complette à Boxtel ; 5000 Anglais battus par 800 Français ; deux bataillons ennemis désarmés par 30 hussards. Prise de 8 canons, 2000 prisonniers. (Armée du Nord.)

(94) Le 5 Nivôse de l'an II, déroute de l'ennemi à Obersebach ; chargé jusqu'à six fois ; grand nombre de morts et de blessés, par Hoche, général en chef. (Armées du Rhin et Moselle réunies.)

(95) Le 12 Septembre 1793, expulsion de l'ennemi attaqué sur tous les points de ses postes, au Dahnbruck et dans la forêt de Bienvald, près Lauterbourg ; les émigrés campés près Barbelroth et Bleisweiller, mis en déroute, sont poursuivis jusqu'à Niderhorbach ; deux batteries emportées, un obusier et trois canons encloués, une pièce de 25 démontée, toute une compagnie d'artillerie prisonnière, et 100 chevaux tués. (Armée du Rhin.) Le 25 Frimaire de l'an II, enlèvement de vive force, par trois différentes divisions de l'armée, des hauteurs de Marsal, du Dahnbruck et de Lembach. (Armée de la Moselle.)

(96) Le 30 Fructidor de l'an III, combat et prise d'Al-

tenkirchen, par les généraux de division Kléber, Lefevre et Grenier. L'ennemi complettement battu, se retire sur la Lahn. (Armée de Sambre et Meuse.) Le 16 Prairial de l'an IV, bataille d'Altenkirchen livrée par Kléber, général de division commandant l'aîle droite, et par Lefevre, général de division; l'ennemi mis en déroute; grand nombre de tués, 3000 prisonniers; prise de 4 drapeaux, 12 pièces de canon, quantité de caissons et d'équipages, de magasins, de vivres considérables, etc. etc. (Armée de Sambre et Meuse.)

(97) Le 15 Vendémiaire de l'an III, reddition de Cologne à Jourdan, général en chef : prise d'une grande quantité d'artillerie et d'immenses magasins; fuite précipitée des Autrichiens. (Armée de Sambre et Meuse.)

(98) Le troisième jour complémentaire de l'an III, combat sur la ligne de Borghetto, livré par Massena, général de division, et Saint-Hilaire, général de brigade; défaite de 8000 Autrichiens; 500 ennemis tués, 400 prisonniers. (Armée d'Italie.) Le 11 Prairial de l'an IV, défaite de 5000 Autrichiens, dont 2000 de cavalerie, avec 20 pièces de canon, attaqués et chassés à Borghetto, par Buonaparte, général en chef, Murat et Gardanne, généraux de brigade; passage du Mincio par les grenadiers; fuite de l'ennemi; 1500 des siens tués ou blessés; prise de 500 chevaux, 4 canons et 8 caissons. (Armée d'Italie.)

(99) Le 2 Frimaire de l'an IV, bataille de Loano, livrée par Scherer, général en chef, Serruriers, Massena et Augereau, généraux de division; déroute des Austro-Sardes; 3000 ennemis tués, 5000 prisonniers, dont plusieurs officiers-généraux, et 200 officiers de tous grades; prise de la Pietra, Loano, Finale, Vado et Savonne, avec tous

leurs magasins ; prise de 100 bouches à feu, 100 caissons, 5 drapeaux, et une immense quantité de fusils. (Armée d'Italie.)

(100) Le 26 Prairial de l'an III, bataille de la Fluvia, livrée par Scherer, général en chef ; déroute de 28000 Espagnols qui étoient venus attaquer un grand fourrage fait par les Français dans la plaine de Saint-Père Pescador ; après 18 heures de combat, ils repassèrent la Fluvia en grand désordre ; 1200 ennemis tués ou blessés, beaucoup de prisonniers ; 300 chariots de bled rentrés dans le camp de Rimòrs. (Armée des Pyrénées-Orientales.)

(101) Le premier Messidor de l'an IV, entrée des Français dans Reggio et Bologne, où ils font prisonniers 400 soldats du Pape, avec le cardinal légat ; prise de 4 drapeaux et 50 canons, par Buonaparte, général en chef, Augereau et Vaulois, généraux de division ; reddition du fort Urbain et de 300 hommes de garnison ; prise de 50 canons, 5000 fusils, 5000 livres de poudre, et des magasins ; occupation de Ferrare et de son château, avec 114 canons ; le cardinal légat fait prisonnier. (Armée d'Italie.)

(102) Le 27 Brumaire de l'an II, déroute complette des Autrichiens, près Lebach ; grand nombre de fantassins et 130 cavaliers faits prisonniers ; 100 chevaux pris par Ambert, commandant. (Armée de la Moselle.)

(103) Le 26 Frimaire de l'an IV, combat sur toute la ligne dans le Hundsruck, livré par les généraux de division Marceau et Poncet ; l'ennemi, battu sur tous les points, perd un grand nombre de tués, 3 canons, et 400 hommes prisonniers de guerre. (Armée de Sambre et Meuse.)

(104) Combat d'Henef et d'Hanelshorn, livré par Lefevre, général de division, le 27 Fructidor de l'an III; l'ennemi y fût écharpé et mis en fuite ; prise d'une redoute et de 2 canons ; grand nombre de tués, blessés et prisonniers. (Armée de Sambre et Meuse.)

(105 et 106) Du 1 au 3 Frimaire de l'an II, combats snccessifs et enlèvement de tous les postes de Bouxweiller, Brumpt, Haguenau, par les Français, sous les ordres de Pichegru, général en chef ; déroute de l'ennemi. (Armée du Rhin.) Le 3 Nivose de l'an II, enlèvement de tous les retranchemens de Bischweiller, Druzenheim et Haguenau, par Pichegru, général en chef. Prise de plnsieurs canons et caissons, et quantité de munitions. Mille prisonniers. (Armées du Rhin et de la Moselle réunies.)

(107) Le 11 Fructidor de l'an II, déroute des Espagnols à Ermilla, poursuivis au pas de charge par Gravier, commandant ; prise de 2 canons ; grand nomdre de tués. Le même jonr, déroute de 4000 ennemis ; prise de leurs retranchemens et de 11 pièces de canon par Schilt, commandant ; entrée des Français dans Ondoroa.

(108) Riberac.... Voyez la note 60.

(109) Le 14 Messidor de l'an IV ; passage du Rhin près Neuwied, par Jourdan, général en chef, Championnet et Bernadotte, généraux de division ; grand nombre d'ennemis tués et blessés, 780 prisonniers, dont 20 cavaliers montés ; prise de 30 voitures d'équipages ; le général autrichien et les deux princes de Rohan, émigrés, n'ont que le temps de se sauver, et perdent leurs équipages. (Armée de Sambre et Meuse.) Le 30 Vendémiaire de l'an V, l'ennemi passe le Rhin sur six points, depuis Bacharach jusqu'à Andernach, et attaque la tête du pont

de Neuwied ; il est forcé à la retraite par Beurnonville, général en chef, Championnet et Grenier, généraux de division, après avoir laissé la terre jonchée de morts et de blessés. Tout ce qui a débarqué, de la part de l'ennemi, a été tué, fait prisonnier ou noyé; 600 prisonniers et 400 blessés sont restés au pouvoir des Français. (Armée de Sambre et Meuse.)

(110) Bichweiller. Voyez la note 95.

(111) Le 13 Thermidor de l'an V, l'ennemi battu à Lonado, par Dallemagne, général de brigade, perd 600 hommes tués ou blessés et 600 prisonniers. Le 16 du même mois, défaite complette des Autrichiens ; reprise de Salo, Lonado et Castiglione, par Buonaparte, général en chef, Massena et Augereau, généraux de division ; 3000 ennemis tués ou blessés, 4000 prisonniers, 20 canons et 3 drapeaux pris. Le 17 suivant, 4000 Autrichiens, avec de la cavalerie et de l'artillerie, viennent sommer Lonado de se rendre; le général en chef s'y trouve, et, quoique n'ayant que 1200 hommes, il fait mettre bas les armes à l'ennemi. (Armée d'Italie.)

(112) Le 16 Floréal de l'an III, les Espagnols attaquent le camp de Cistella, sont complettement battus et repoussés par Augereau, général de division : 100 prisonniers, 800 tués ou blessés, dont un Maréchal-de-Camp. (Armée des Pyrénées-Orientales.)

(113) Le 28 Prairial de l'an IV, les Français occupent Milan, Pavie et Côme, où ils ont trouvé des magasins immenses. Le 11 Messidor de l'an IV, Despinois, général de division, fait capituler le château de Milan ; la garnison, de 2800 hommes, se rend prisonnière de guerre ;

prise de 150 bouches à feu, 200 milliers de poudre; 5000 fusils. (Armée d'Italie.)

(114) Castiglione. Voyez la note 101...... Le 18 Thermidor de l'an IV, l'armée de Wurmser, postée entre le village de de Salferino et la Chiesa, fut mise en déroute et poursuivie pendant trois lieues, par Buonaparte, général en chef, Massena, Serrurier et Augereau, généraux divisionnaires; 2000 ennemis furent tués ou prisonniers; prise de 18 canons et de 120 caissons. (Armée d'Italie.)

(115) Bataille de Millesimo, gagnée sur les Austro-Sardes, le 26 Germinal de l'an IV, par Buonaparte, général en chef; 2500 ennemis tués ou blessés, 8000 prisonniers; prise de 29 canons et 15 drapeaux. (Armée d'Italie.)

(116) Le 13 Thermidor de l'an IV, défaite des Autrichiens à Salo, par Soret, général de brigade; prise de 2 canons, 2 drapeaux, et de 200 prisonniers; le général Guieux qui y étoit cerné depuis 48 heures, sans pain, après avoir fait la plus belle défense, est délivré. Voyez la note 101. (Armée d'Italie.)

(117) Le 13 Prairial de l'an IV, prise de la forteresse de Peschiera, par Augereau, général de division; prise de 80 pièces de canon et de 100 hommes ennemis. Le 19 Thermidor de l'an IV, l'ennemi retranché derrière le Mincio, entre Peschiera et Mantoue, est attaqué et mis en déroute par Buonaparte, général en chef, qui le force à lever le siège de Peschiera; 700 prisonniers furent faits et 12 canons enlevés. (Armée d'Italie.)

(118) Buonaparte, général en chef, fit son entrée dans Véronne à la tête de son armée le 15 Prairial de l'an IV, et le 20 Thermidor de l'an IV, Massena et Augereau font

reprendre aux Français leurs anciennes positions, font 400 prisonniers, et prennent 7 canons, passent le Mincio, arrivent à 10 heures du soir à Véronne qui refuse d'ouvrir ses portes; elles sont enfoncées à coups de canon, et on y fait 300 prisonniers. (Armée d'Italie.)

(119) Buonaparte, Massena, Vaubois et Augereau, attaquent Santo-Marco le 18 Fructidor de l'an IV; l'ennemi chassé successivement de ses lignes et postes de Piève et Roveredo, se retire au château de la Pietra, où il est forcé et mis en fuite; grand nombre d'ennemis tués ou blessés; 6 à 7000 prisonniers; prise de 25 pièces de canon, 50 caissons et 7 drapeaux. (Armée d'Italie.)

(120) Le 21 et 22 Messidor de l'an IV, combat en avant de Butzbach, d'Obermel et de Camberg, livré par les généraux de division Kléber, Lefevre, Collaud; prise de Friedberg; l'ennemi mis en fuite avec perte de 400 hommes tués ou blessés, 500 prisonniers, 3 canons, 1 drapeau et 3000 quintaux de farine. (Armée de Sambre et Meuse.) Le 7 Fructidor de l'an IV, combat de Friedberg, livré par Moreau, général en chef; passage du Lech à la nage par les Français; l'ennemi repoussé et mis en déroute; grand nombre d'ennemis tués ou blessés, 1600 faits prisonniers; prise de 20 canons et 2 drapeaux. (Armée de Rhin et Moselle.)

(121) Le 11 Vendémiaire de l'an III, bataille d'Aldenhoven, livrée par Jourdan, général en chef, déroute complette des coalisés; 5000 ennemis tant tués que blessés.

(122) Le 3 Thermidor de l'an II, déroute de l'ennemi à Hui; prise de Saint-Tron par Kléber, Hatry, commandans. (Armée de Sambre et Meuse.)

(123) Le 14 Germinal de l'an II, enlèvement de vive force du retranchement d'Ozone, près Saint-Michel, par Mauco et Enchops, commandans. (Armée des Pyrénées Orientales.) Le 12 Brumaire de l'an V, prise du village de Saint-Michel, par Vaubois, général de division; les ponts sur l'Adige brûlés par les Français. L'ennemi se porte sur le Lavis, où il est battu et repoussé jusque dans le village de Segonzano; 1200 ennemis tués ou blessés, 445 faits prisonniers. Le 21 et 22 Brumaire de l'an V, Buonaparte, Augereau et Massena rencontrent l'ennemi entre Saint-Martin et Saint-Michel, le culbutent et le poursuivent l'espace de 3 milles; le lendemain, les deux armées se trouvent en présence, et, malgré un temps affreux, l'ennemi a été forcé à Caldero et dans ses autres positions : on lui a fait 700 prisonniers et pris plusieurs canons. Le 23 Nivôse de l'an V, Buonaparte et Massena livrèrent un combat opiniâtre à Saint-Michel, devant Véronne; l'ennemi y fut battu complettement, avec perte de 700 hommes faits prisonniers, et 3 canons. (Armée d'Italie.)

(124) Le 29 Vendémiaire de l'an V, les Français, sous les ordres de Casalta, général de brigade, commandant, ayant débarqué en Corse, sont joints par un nombre asses considérable d'habitans; ils se portent sur Bastia et somment les Anglais, qui étoient dans le fort au nombre de 3000; ceux-ci se jettent en désordre sur leurs vaisseaux; le général Casalta fond sur eux, et leur fait 8 à 900 prisonniers. Les Français s'emparent de Saint-Florent et Bonifacio; ils font prisonnières les garnisons de ces deux places.

(125) Le 16 Thermidor de l'an IV, Saint-Cyr, général

de division, s'empara du poste d'Heidenheim ; 300 ennemis furent faits prisonniers ; on y enleva 50 voitures d'ambulance et 3000 matelats. Le 24 du même mois, Moreaux, général en chef, Saint-Cyr et Desaix, généraux de division, livrèrent bataille à Heidenheim ; après 17 heures de combat, l'ennemi fit sa retraite derrière la Vernitz ; 7000 ennemis furent tués, blessés, ou faits prisonniers. (Armée du Rhin et Moselle.)

(126) Le 29 Germinal de l'an II, bataille gagnée par Jourdan, général en chef ; prise d'Arlon ; déroute complette de l'ennemi : prise de 22 canons et 3 caissons. (Armée de la Moselle.)

(127) Les 25 et 26 Vendémiaire de l'an II, Jourdan gagne la bataille de Wattignie sur les Autrichiens, après deux jours de combat et trois charges à la baïonnette ; levée du blocus de Maubeuge ; 6000 Autrichiens tués. (Armée du Nord.)

(128 et 129) Saint-Vendel. Voyez la note 48.

(130) Le premier Ventôse de l'an II, enlèvement de vive force du poste d'Ogersheim par les Français, sous les ordres de Desaix, commandant ; prise d'une grande quantité de vivres et de fourrages ; 104 ennemis faits prisonniers. (Armée du Rhin.)

(131) Montabaur. Voyez la note 50.

(132) Le 28 Prairial de l'an II, Jourdan remporte une victoire signalée sur les coalisés, après un combat de 12 heures ; prise de 7 canons ; 6000 ennemis tués, 500 prisonniers. (Armées des Ardennes et Nord réunies sur la Sambre.)

(133) Le 14 Septembre 1793, Landremont, général en

chef, enlève à la baïonnette le camp retranché de Nothweiller; l'ennemi est poursuivi jusqu'au-delà de Bondenthal; prise de 2 canons et de 1500 fusils. (Armée du Rhin.)

(134) Le 26 Fructidor de l'an IV, combat de Kamlach, livré par Férino, général de division; l'ennemi repoussé jusqu'à Mindelheim; perte considérable des émigrés; le corps des chasseurs nobles presqu'entièrement détruit. (Armée du Rhin et Moselle.)

(135) Le 20 Vendémiaire de l'an III, marche des Français, sous les ordres de Moreaux, sur Birkenfeldt, Oberstein, Kirn, Trarbach et Meisenheim, où les retranchemens des ennemis sont forcés; évacuation de tous ces postes par les coalisés. (Armée de la Moselle.)

(136) Le 19 Messidor de l'an IV, combat devant Limbourg, livré par les généraux de division Bernadotte et Championnet; l'ennemi poursuivi jusque dans la ville; attaque et prise de Runkel; grand nombre d'ennemis tués, 80 prisonniers. (Armée de Sambre et Meuse.)

(137) Le 21 Messidor de l'an IV, combat en avant de Rastadt, et dans la gorge en avant de Guersbach, livré par les généraux de division Desaix et Saint-Cyr; l'ennemi forcé de se retirer derrière Dourlach; grand nombre d'ennemis tués et blessés, 1300 faits prisonniers, 1 canon enlevé. (Armée du Rhin et Moselle.)

(138) Le 24 Thermidor de l'an IV, entrée des Français dans Bregentz; prise de 30 bouches à feu, 49 grands bateaux, et 40 mille sacs d'avoine, orge et farine. (Armée du Rhin et Moselle.)

(139) Le 29 Nivôse de l'an III, prise de Gertruydemberg

par Pichegru, général en chef, et Bonneau, général de division, après un bombardement de quatre jours, et enlèvement de tous ses forts. La garnison faite prisonnière sur parole. (Armée du Nord.)

(140) Le 7 Prairial de l'an II, prise des redoutes et de la ville de Dinant, à 4 lieues de Givet, par Jourdan, général en chef; grand nombre d'ennemis tués ou blessés, 60 prisonniers. (Armée de la Moselle.)

(141) Le 23 Vendémiaire de l'an III, prise d'Offerberg, Rockenhausen, Landsberg, Alzein et Oberhausen, par Michaud, général en chef, après la retraite forcée de l'ennemi. (Armée du Rhin)

(142) Le 2 Brumaire de l'an III, prise de Coblentz par Marceau, commandant; attaque et enlèvement des retranchemens; fuite de l'ennemi au-delà du Rhin; grand nombre de tués et de prisonniers. (Armée de Sambre et Meuse.)

(143 et 144) Le premier Brumaire de l'an V, Buonaparte, Massena et Vaubois, ont attaqué et repoussé l'ennemi de position en position, de Castelnovo à Rivoli, Campana, la Corona, et le long de l'Adige, jusqu'à Dolce; grand nombre de tués et de blessés, 1200 faits prisonniers, dont un colonel; prise de 4 canons et de 8 caissons. (Armée d'Italie.)

(145) Le 7 Fructidor de l'an IV, prise de Borgoforte et de Governolo par Sahuguet, général de division, après une vive canonade; 500 ennemis tués ou blessés. Le 2 Vendémiaire de l'an V, l'ennemi, attaqué à Governolo, est mis en déroute par Kilmaine, général de division, avec perte de 1100 hommes faits prisonniers, 5 canons et caissons tout attelés. (Armée d'Italie.)

(146) Entrée des Français dans la ville de Tortone, le 16 Floréal de l'an IV, (Armée d'Italie.)

(147) Le 6 floréal de l'an IV, prise de Fossano, de Chiraco, d'Alba, et de 28 pièces de canon, avec des magasins considérables. (Armée d'Italie.)

(148) Le 3 floréal de l'an IV, combat et prise de la ville de Mondovi, par Buonaparte, général en chef; 500 ennemis tués, 1300 faits prisonniers, dont trois officiers généraux et quatre colonels piémontais; prise de 11 drapeaux, 8 bouches à feu et 15 caissons. (Armée d'Italie.)

(149) Le 2 fructidor de l'an IV, Buonaparte force Wurmser à faire faire retraite à son armée derrière Trente, après avoir brûlé sa marine sur le lac de Garda. Le 19 du même mois, prise de Trente, pas Massena et Vaubois; le pont et le village de Lavis forcés; grand nombre d'ennemis tués; 100 hussards de Wurmser, avec leur guidon, et 300 hommes d'infanterie faits prisonniers. Le 9 pluviôse de l'an V, le général Murat débarque à Torgole, et chasse les ennemis. Le général Vial les trouve et leur fait 450 prisonniers. Entrée des Français dans Roveredo et Trente; l'ennemi perd 300 hommes faits prisonniers, outre 2000 malades trouvés dans les hôpitaux. (Armée d'Italie.)

(150) Le 22 floréal de l'an 4, prise de Pizzighitone, par Buonaparte; 300 hommes de garnison faits prisonniers de guerre, prise de 5 canons de bronze et de plusieurs magasins; entrée des Français dans Crémone. (Armée d'Italie.)

(151) Le 28 vendémiaire an III, défaite de l'ennemi aux environs de Nimégue; destruction de la légion de Rohan; prise d'un drapeau, de 4 canons, 600 prisonniers; par Souhan, commandant. (Armée du Nord.)

Le 18 brumaire an III, entrée triomphante des Français dans Nimégue. 1200 Hollandais prisonniers de guerre; prise de 100 bouches à feu. (Armée du Nord).

(152) Le 21 vendémiaire an III, entrée des troupes républicaines dans Bois-le-Duc; prise de 146 bouches à feu, 130 milliers de poudre, 9000 fusils, 658 prisonniers. (Armée du Nord.)

(153) Voyez la note 56.

(154 et 155) Le 28 nivôse an III, prise d'Utrecht, d'Amersfort et des lignes du Greb, et de 80 Pièces de canons, par Pichegru, général en chef. (Armée du Nord.)

(156) Le 10 thermidor an II, prise de Cassandria et de 70 canons. Passage du Cacysche, retraite de l'ennemi sur Ysendick, par Moreau, commandant. (Armée du Nord.)

(157) Le 24 nivôse an III, prise d'Heusden, de 173 pièces de canons et 150 millliers de poudre; 1200 hommes de garnison prisonniers sur parole, par Pichegru; général en chef. (Armée du Nord.)

(158) Le 2 pluviôse an III, Gorcum, Dordrecht et Amsterdam furent rendues à Pichegru, général en chef. (Armée du Nord.

(159) Voyez 157.

(160) Le 22 nivôse an III, prise de Tiel, par Devinter, commandant, et de six forts enlevés sous le feu le plus terrible; 300 canons, 19 drapeaux, beaucoup de munitions. (Armée du Nord.)

(161) Le 9 fructidor an II, prise du fort l'Ecluse, de 150 bouches à feu, 100 milliers de poudre et 800 fusils.

La garnison, composée de 2000 hommes, prisonnière, par Moreau, commandant. (Armée du Nord.)

(162) Voyez le n°. 141.

(163) Renvoyé au n°. 58.

(164) Le 27 messidor an II, prise de Malines, après un combat. Les Français font 200 prisonniers sous les ordres de Salme, commandant. (Armée du Nord.)

(165) Voyez n°. 58.

(166) Idem.

(167) Voyez n°. 131.

(168) Voyez n°. 57.

(169) Le 25 vendémiaire an II, l'ennemi est repoussé avec perte de 30 hommes et un obusier démonté. (Armée de la Moselle.)

(170) Le 4 prairial an 2, bataille de Schifferstadt, par 15,000 républicains contre 40,000 autrichiens : 1000 ennemis tués ou blessés, 100 prisonniers, un général autrichien tué ; par Michaud, général en chef. (Armée de la Moselle.)

(171) Voyez n°. 125.

(172) Le 5 brumaire an III, prise de Hultz, Axel et Sas-de-Gand, par Pichegru, général en chef. Garnisons ennemies prisonnières de guerre. (Armée du Nord.)

(173) Le 7 fructidor an IV, l'ennemi attaquant et attaqué depuis Ingolstadt jusqu'à Fresnig, est battu sur tous les points par Moreaux, général en chef, Desaix, Saint-Cyr et Férino, généraux de division ; 1500 ennemis tués ou blessés, 300 faits prisonniers ; prise de 106 chevaux, un obusier et un caisson. (Armée de Rhin et Moselle.)

(174) Le 8 brumaire de l'an III, prise de Venlo, attaqué par 5000 français et quelques pièces de campagne. La garnison de 1800 hommes prisonnière sur parole. Prise de 150 canons, 200 milliers de poudre et de 7000 fusils.

(175) Le 30 vendémiaire de l'an II, Jacob Ronchet, commandant à Urrugne, près Saint-Jean-de-Luz, mit en déroute 3 colonnes espagnoles, après une fusillade de cinq heures; l'ennemi y fit une perte considérable. Le 17 pluviôse suivant, Muller, général en chef, et Frégeville, commandant, mirent en déroute 15,000 Espagnols, qui furent complettement battus à Urrugne et Chauvin-Dragon, par 5000 républicains. 200 ennemis restèrent morts sur le champ de bataille. (Armée des Pyrénées Occidentales.)

(176) Oberhauzen. — Voyez le n°. 67.

(177) Le 11 frimaire de l'an II, Desaix, commandant, enlève la redoute du pont de Landgraben, et les retranchemens de Gambsheim; perte considérable de l'ennemi. Le 12 suivant, Diettmaan, Desaix et Combes, commandant, livrèrent un combat près du bois de Gamsheim, l'ennemi y fut repoussé avec perte de 60 hommes tués: on lui prit 50 chevaux. (Armée du Rhin.)

(178) Rœulx. Voyez le n°. 48.

(179) Le 18 messidor de l'an II, Jourdan, général en chef, Lefebvre, commandant, défit 30,000 ennemis, à Vaterlo; l'avant-garde de l'armée française n'étoit que de 14,000 hommes. (Armée de Sambre et Meuse.)

(180) Le 12 Prairial de l'an IV, à minuit un quart, les républicains, sous les ordres de Championnet, général de division, s'emparent des avant-postes situés en avant de Nider-Diebach, et, dans le jour, forcent l'ennemi

d'abandonner la gorge de Mannebach ; grand nombre d'ennemis tués et blessés, plusieurs faits prisonniers. (Armée de Sambre et Meuse.)

(181) Les 8 et 10 floréal de l'an II, expulsion de 10,000 ennemis du village d'Oms, par 3000 rupublicains, sous les ordres de Dugommier, général en chef ; il enlevèrent les gorges et le pont de Ceret. (Armée des Pyrénées Orientales.)

(182) Le 18 prairial de l'an IV, prise de Weilbourg et de plusieurs magasins en fourrage et avoine, par Soult, général de brigade. (Armée de Sambre et Meuse.)

(183) Brumpt. Voyez le n°. 105.

(184) Reddition de Manheim, par capitulation, le quatrième jour complémentaire de l'an III. (Armée de Rhin et Moselle.)

(185) Le 14 messidor de l'an II, enlèvement, de vive force, de plusieurs avant-postes et retranchemens ennemis, par Michaud, général en chef, à Freibach, Hambach et Hoschstett. Le 25 du même mois, bataille gagnée sur toute la ligne, par Michaud ; enlèvement, de vive force, des postes de Freibach, Freimersheim, et des montagnes de Platzberg et Saukolp ; 2400 ennemis tués ; prise de 15 canons. (Armée du Rhin.)

(186) Le 11 Thermidor de l'an IV, sortie de la garnison de Mayence ; l'ennemi vigoureusement repoussé avec perte de beaucoup d'hommes tués, et de 50 prisonniers de guerre faits par Marceau, général de division. (Armée de Sambre et Meuse.)

(187 et 188) Le 21 Fructidor de l'an IV, attaque du camp retranché de Primolan, par Buonaparte et Augereau ;

l'ennemi mis en fuite se rallie dans le fort de Covelo qu'il est forcé d'évacuer ; la cavalerie républicaine le poursuit, atteint la tête de la colonne qu'il fait prisonnière ; grand nombre d'ennemis tués ou blessés, 4000 prisonniers ; prise de 10 canons, 15 caissons et 9 drapeaux. (Armée d'Italie.)

(189 et 190) Entrée des Français dans la citadelle de Ceva et dans Coni, le 10 Floréal de l'an IV. (Armée d'Italie.)

(191) Reconnoissance faite sur la rive du Pô, vers Plaisance, le 18 Floréal de l'an IV ; prise de 5 bateaux où se trouvent 500 Autrichiens, beaucoup de riz, et la pharmacie de l'armée. (Armée d'Italie.)

(192) Seckingen. Voyez le n°. 86.

(193) Le 4 Floréal de l'an II, victoire remportée après un combat opiniâtre près de Kurweiller, par Michaud, général en chef ; le champ de bataille resté aux Français ; 800 ennemis tant tués que blessés. (Armée du Rhin.)

(194) Le 2 Nivôse de l'an II, défaite de l'ennemi à Werdt, Reishoffen et Gondershoffen, par Hoche, général en chef ; enlèvement à la baïonnette de plusieurs redoutes. Prise de 16 canons et de 24 caissons ; 300 ennemis tués ou blessés, 500 prisonniers. (Armées du Rhin et Moselle réunies.)

(195) Combat livré près Willerdorff, le 16 Messidor de l'an IV, par Lefevre, général de division. Grand nombre d'ennemis tués ; 700 faits prisonniers. (Armée de Sambre et Meuse.)

(196) Le 6 prairial de l'an II, Jourdan, général en chef, enleva le poste de Saint-Hubert, défendu par 2000 Autrichiens ; fuite de l'ennemi, prise de son camp et de tous ses effets. (Armée de la Moselle.)

(197) Gonderhoffen. Voyez le n°. 194.

(198) Le 28 Brumaire de l'an II, prise d'une forte redoute et de 7 pièces de canon, près Wantzenau, par Pichegru, général en chef. (Armée du Rhin.)

(199) Dierdoff. Voyez le n°. 60.

(200) Hanelshorn. Voyez le n°. 104.

(201) Le 26 Thermidor de l'an II, Sauret, Micas et Destaing, commandans, avec 4000 républicains ont mis en déroute, à Rocaseins, 15000 Espagnols; grand nombre d'ennemis tués; prise d'un canon. (Armée des Pyrénées Orientales.)

(102) Le 21 Thermidor de l'an IV, combat sur la Rednitz livré par Kléber, commandant en chef par *interim*, et par Lefevre et Colaud, généraux de division; l'ennemi mis en déroute avec perte considérable en tués, blessés ou prisonniers; prise de Forscheim, de 70 pièces de canon et quantité de munitions. (Armée de Sambre et Meuse.)

(203) Trarbach. Voyez le n°. 135.

(204) Emale. Voyez le n°. 68.

(205) Drusenheim. Voyez le n°. 105.

(206) Butzbach. Voyez le n°. 120.

(207) Marche des Français sur Korn, après avoir forcé les retranchemens ennemis. (Armée de Sambre et Meuse.)

(208) Le 16 Messidor de l'an IV, combat de Oss, livré par Desaix et Saint-Cyr, généraux de division; attaque et prise de Baden et Freudenstatt; perte considérable de l'ennemi en tués et blessés, 300 faits prisonniers. (Armée du Rhin et Moselle.)

(109) Le 20 Floréal de l'an IV, les Autrichiens attaquent

près de Cordogno la division Laharpe, et sont vigoureusement repoussés par les généraux de division Laharpe et Berthier, qui s'emparent de Casale, leur prennent 50 hommes prisonniers; et beaucoup de bagages. (Armée d'Italie.)

(210) Le 10 Fructidor de l'an II, Osten, commandant, enlève à la baïonnette le village d'Anzain, les postes et redoutes tenant à Valenciennes; le même jour, Scherer, commandant, reprend Valenciennes; la garnison, de 4500 hommes, est faite prisonnière sur parole. Prise de 227 canons, de 800 milliers de poudre et de magasins de toute espèce. (Armée de Sambre et Meuse.)

(211) Le 30 Messidor de l'an IV, sous les ordres de Moreau, général en chef, et de Saint-Cyr, général de brigade, les Français font leur entrée dans Stuttgard, après avoir livré un combat opiniâtre à Echingen; ils restent maîtres de toute la rive gauche du Necker; l'ennemi perdit 800 hommes tant tués que blessés; 300 furent faits prisonniers, (Armée de Rhin et Moselle.)

(212) Le 16 Brumaire de l'an III, Vandamme, commandant, s'empare du fort de Schenk, au confluent du Wal et du Rhin; les Français l'enlèvent en passant dix par dix sur des barques. (Armée du Nord.)

(213) Le 11 Fructidor de l'an II, défaite de 7000 Espagnols à Eibon; prise de 2 drapeaux, par Cossaune, commandant. (Armée des Pyrénées Occidentales.)

(214) Le 14 Nivôse de l'an II, sous les ordres d'Hoche, général en chef, poursuite de l'ennemi et combats multipliés entre l'avant-garde française et l'arrière-garde ennemie, près de Germersheim et Franckenthal: 120 ennemis tués, 60 prisonniers. (Armées du Rhin et Moselle réunies.)

Le 12 Floréal de l'an II, prise de Lambsheim et Franckenthal par les Français ; les portes de cette dernière ville sont enfoncées à coups de canon. Le 17 Vendémiaire de l'an III, combat de Franckenthal, livré par Desaix, commandant ; prise de cette ville ; 4000 ennemis tués, 60 prisonniers. Le 24 Vendémiaire de l'an III, combat et prise de Gellheim et de Grundstadt, et reprise de Franckenthal, par Michaud, général en chef. (Armée du Rhin.)

(215) Le 8 Messidor de l'an II, avantage considérable remporté sur l'ennemi aux postes de Lerne, Marchiennes, Monceau et Sauret, par Kléber, Bernadotte, Poncet et Daurier, commandans ; fuite et perte considérable de l'ennemi. (Armée de Sambre et Meuse.)

(216) Le 3 Frimaire de l'an IV, l'ennemi fut chassé de Stromberg et de tous ses postes ; 200 tués et 150 prisonniers, (Armée de Sambre et Meuse.)

(217) Prise des gorges d'Hochspire, par Michaud, général en chef, le 26 Messidor de l'an IV, et entrée des Français dans Spire et Neustadt ; grand nombre de prisonniers. (Armée du Rhin.)

(118) Le 14 Septembre 1793, enlèvement à la baïonnette du camp retranché de Nothweiller ; l'ennemi est poursuivi jusqu'au-delà de Bondenthal, par Landremont, général en chef. (Armée du Rhin.)

(219) La Brenta, rivière qui prend sa source près de Trente. dans les montagnes du Tyrol. Le 7 fructidor de l'an IV, le passage du Lech à la nage par les Français, à côté de Friedberg, dans la Haute-Bavière, devant l'armée du prince de Latour, est une des actions célèbres de cette campagne. Moreaux commandoit en chef l'armée de Rhin et Moselle ; Férino l'aîle droite ; Saint-Cyr le centre, et

Desaix l'aîle gauche. L'adjudant-général Houel se noya en passant le Lech. L'ennemi fut repoussé et mis en déroute ; grand nombre tués ou blessés ; 1600 faits prisonniers ; prise de 20 canons et 2 drapeaux. (Armée de Rhin et Moselle.) — Le 28 nivôse de l'an III, l'armée du Nord passe le Lech, et Pichegru, général en chef, prit de suite Utrecht, Amersfort et les lignes du Greb ; enleva 80 pièces de canon. — Le 13 prairial de l'an IV, les retranchemens de la Sieg et de la Acher furent attaqués par Lefebvre et Collaud, généraux de division ; l'ennemi fut chassé et battu sur tous les points ; 2400 ennemis tués ou blessés, et 1000 faits prisonniers. (Armée de Sambre et Meuse.)

(220) Le 17 messidor de l'an IV, enlèvement à la bayonnette des retranchemens autrichiens entre la tête du lac de Garda et l'Adige, et de la position de Belone ; 400 ennemis tués ; 270 faits prisonniers ; prise de 400 tentes. (Armée d'Italie.)

(221) Les plaines de Fleurus, qui semblent destinées à être chaque siècle le théâtre des triomphes de la France, ont été jonchées de cadavres ennemis à deux époques récentes : avant la prise de Charleroi 6000 ennemis y ont mordu la poussière, et 15,000 lors de la fameuse bataille du 8 messidor. On comptoit des troupes d'élites de part et d'autres. La droite de l'armée des coalisés étoit commandée par le prince d'Orange ; Beaulieu étoit à la gauche ; l'assassin des vieillards, Lambesc, étoit à la tête de la cavalerie, et le discret Cobourg commandoit l'armée en chef. L'artillerie des ennemis étoit immense. Nos troupes ont été obligées de se replier trois fois sur leurs retranchemens ; mais dans toute la ligne on entendit ces mots remarquables :

Pas de retraite aujourd'hui, il faut vaincre ou mourir. Les Républicains ont chargés de nouveau avec fureur, et l'armée des ennemis, forte de plus de 100 mille hommes, a été mise en pleine déroute. Les généraux Jourdan, Dubois, Lefebvre et Marceau s'y sont couverts de gloire. L'avant-garde est restée onze heures immobile, à soutenir le choc de la cavalerie ennemie. Elle s'est battue au pistolet; le général Marceau, qui la commandoit, s'est battu comme un lion, il a eu deux chevaux tués sous lui. C'est à cette bataille que Guyton-Morveau trouva et mit en usage l'important secret de fixer l'aréostat. Cette découverte ne contribua pas peu au gain de la bataille. Le nom de ce fameux combat rappelera toujours la marche savante de l'armée de la Moselle, qui est venue à travers les déserts des Ardennes, pour donner l'exemple de la discipline, pour vaincre à Charleroi, avec les armées du Nord et des Ardennes.

(222) Pour venger la République française de quelques délits atroces et même de crimes commis par les Anglais envers les Français, on a rendu le décret du 9 prairial de l'an troisième, qui défendoit de faire aucun prisonnier de guerre; mais il ne fut guère mis à exécution que pendant la bataille de Fleurus, où l'on n'a épargné aucun uniforme rouge. Le champ de bataille et un seul prisonnier fut le résultat de cette grande journée, où il y eut 39 drapeaux pris sur l'ennemi, qui perdit plus de 15,000 des siens. Voilà le fruit de l'heureuse réunion des armées des Ardennes, de la Moselle et du Nord, qui furent depuis désignées sous le nom d'Armée de Sambre et Meuse.

(223) Ces six derniers vers indiquent que le décret de circonstance, qui avoit été rendu par urgence contre les

Anglais, le 9 prairial de l'an III, fut rapporté par la convention nationale bientôt après.

(224) Mais si les hommes d'alors, qui voulurent, par cet acte solemnel, répondre aux calomniateurs étrangers qui répandoient avec affectation que la Convention vouloit ériger l'*Athéisme* en principe, avoient eu le bon esprit de profiter de l'élan simultané qu'ils surent donner à toute la nation, et avoient décrété, non pas que *le Peuple François reconnoissoit l'Etre suprême et l'immortalité de l'ame*, mais au contraire, que *le Peuple François n'avoit jamais cessé de reconnoître l'Etre suprême*, ils n'auroient pas prêté des armes au ridicule que présentoit en effet cette première déclaration. Ils pouvoient de même saisir cette occasion qu'il sera bien difficile de reproduire, pour établir le pur *Déisme*, tel que le professe aujourd'hui la nouvelle et très-recommandable secte des *Théophilantrophes*) nous n'aurions plus de Prêtres aujourd'hui saintement rebelles après huit ans de révolution. Ils ne menaceroient pas la Patrie d'un danger nouveau, et nous n'aurions plus à craindre l'horrible fléau d'une guerre intestine et religieuse. C'en étoit fait de l'infernale puissance du Pape, tyrannisant encore les consciences et dominant les esprits foibles. Car adorer la Divinité, aimer le prochain, observer la loi : voilà la Religion de tous les tems et de toutes les sociétés qui voudront rester libres ; et cette Religion n'a pas besoin de Prêtres, ni d'Evêques, à qui l'on donnoit trois à quatre cents mille livres de revenu, pour faire faire de pitoyables mandemens, et frotter d'huile le front des marmots, ou leur laver les pieds.

(225) A peine les troupes ennemies ou celles de la République française ont-elles causé quelque dégats, entraînés par des circonstances de force majeure, sur un territoire

quelconque, que le corps législatif s'empresse d'y remédier, de concert avec le pouvoir exécutif, en accordant des secours et des indemnités à ceux que les autorités constituées *ad hoc* lui font connoître officiellement sous ces rapports. Ils continuent toujours d'accorder les mêmes faveurs et la même justice indistinctement à tous les citoyens qui leur justifient des droits y relatifs, qu'ils peuvent avoir en pareil cas ; sans en excepter même les familles de ceux qui sont péris sous le glaive de la loi : ce qui prouve bien qu'on ne s'attache qu'à punir le crime, et qu'on a toute l'attention possible pour protéger l'innocence opprimée, et assurer les propriétés de ceux qui vivent sous les lois de la République française.

(226) La représentation nationale s'est élevée à la hauteur des circonstances pour écraser les factieux et dominer toutes les passions malfaisantes ; la vertu et la justice furent bientôt mises à l'ordre du jour, et depuis que la nouvelle constitution a été adoptée par le Peuple français, avec cet enthousiasme connu, et qu'on l'a vu marcher partout avec le succès attendu, il n'y a pas un républicain qui n'ait fait le vœu de fraterniser en tont tems et tous lieux avec les peuples qui seront animés des mêmes principes, et de détruire tous les tyrans qui voudroient s'y opposer, ainsi que ceux qui tenteroient de leur ressembler.

Vive la République une et indivisible ! et périsse Carthage ! Périssent tous les tyrans qui voudroient nous ravir la liberté et entraver la marche de notre constitution !

L'adjudant-général Boisson-Quency.

EXTRAIT

DU RAPPORT FAIT PAR LE POUVOIR EXÉCUTIF AU CORPS LÉGISLATIF.

Sur les avantages remportés par les armées de la République Française, depuis le 8 Septembre 1793, jusqu'au premier Ventôse de l'an V.

SAVOIR:

Cent quatre-vingt-dix-huit victoires, dont quarante-quatre en batailles rangées; Cent quarante-huit mille neuf cents cinquante ennemis tués; deux cent soixante-quinze mille huit cent trente-sept prisonniers de guerre; prise de deux cent soixante-sept places fortes ou villes importantes; quatre cent soixante-six forts, camps ou redoutes; sept mille huit cent trente-huit bouches à feu; cent quarante-huit millions cinq cent cinquante-huit mille cent cinquante livres de poudre; deux cent vingt-cinq drapeaux, etc.

ERRATA.

Page 5, vers 9, au lieu du point, *substituez* une virgule.
vers 10, au lieu d'une virgule, *substituez* un point.
6, vers 25, cnrichi; *lisez* : enrichi.
1, vers 15, il se servt; *lisez* : il se sert.
13, vers 20, Bochetto; *lisez* : Borghetto.
vers 21, Lembach; *lisez* : Lebach.
vers 22, Bichweiller; *lisez* : Birchweiller.
14, vers 3, (123); *lisez* : (122).
vers 4, (124, 125, 126, 127); *lisez* : (123, 124, 125, 126).
vers 5, (128); *lisez* : (127).
vers 6, (129); *lisez* : (128 et 129).
vers 14, Offerberg; *lisez* : Otterberg.
vers 15, Birchenfeld; *lisez* : Birkenfeld.
vers 16, Rieulx; *lisez* : Rœulx.
30, ligne 24, et qui; *lisez* : qui.
32, ligne 1, de 800 redoutes; *lisez* : de 80 redoutes.
ligne 2, de 500 mille; *lisez* : 50 mille.
idem, après Espagnols; *lisez* : mis en déroute; à la prise de 200 bouches à feu le même jour, et la destruction de 900 ennemis tués.
ligne 8, l'avoient fait; *lisez* : l'avoit fait.
34, ligne 12, ou; *lisez* : on.
47, ligne 18, et Saint-Cyr; *lisez* : et Saint-Cyr à Riberac et Stenhausen.

Page 49, ligne 5, au lieu de : Hondschoote. Voyez la note 63 ; *lisez :* Le 8 septembre 1793, an premier de la République, sous les ordres d'Houchard, général en chef, la bataille d'Hondtschoote fut gagnée par 16,000 Républicains, contre 18,000 hommes des troupes coalisées. 6000 ennemis tant tués que blessés. (Armée du Nord.)

19, ligne 23, Menterotte ; *lisez :* Meutenotte.

ligne 30, repoussé ; *lisez :* qui furent repoussés.

53, ligne 16, Vaulois ; *lisez :* Vaubois.

54, ligne, 21, la note 60 ; *lisez :* la note 70.

55, ligne 8, Bichweiller, note 95 ; *lisez :* Bischweiller, note 105.

56 ; ligne 3, note 101 ; *lisez :* note 111.

ligne 19, note 101 ; *lisez :* note 111.

ligne 30, font ; *ce mot est à supprimer.*

57, ligne 1, reprendre aux Français leurs ; *lisez :* rétablissent les Français dans leurs.

59, ligne 18, note 48 ; *lisez :* note 58.

ligne 24, note 50 ; *lisez :* note 60.

ligne 27, heures ; *lisez :* heures, à Trasignie.

63, ligne 8, (153) Voyez la note 56 ; *il faut supprimer cette ligne.*

ligne 9, (154) ; *lisez :* (153, 154)

ligne 16, (157) ; *lisez :* (158).

ligne 20, (158) ; *litez :* (157).

64, ligne 3, (162) ; *lisez :* (162) Alzein. (44) ; *lisez :* (64).

ligne 4, (163) ; *lisez :* (163) Sprimont.

ligne 8, (165) ; *lisez :* (165) Lauwfeld, n°. 68.

Page 64, ligne 9, (166) ; *lisez :* (166) **Maseirht.**

ligne 10, (167) ; *lisez :* (167) **Lardsberg.**

ligne 11, (168) ; *lisez :* (168) **Otterberg.**

ligne 12, l'an II ; *lisez :* **Delaunai, commandant, livre un combat près Sarguemine.**

ligne 19, (171) n°. 125 ; *lisez :* (171) **Bokenfeld, n°. 135.**

ligne 24, Fresnig ; *lisez :* **Fresing.**

De l'Imprimerie de Lemaire, rue d'Enfer, N°. 141.

www.ingramcontent.com/pod-product-compliance
Ingram Content Group UK Ltd.
Pitfield, Milton Keynes, MK11 3LW, UK
UKHW020350180726
13839UKWH00003B/1017

9 782329 499239